Carlo Meier
Die Kaminski-Kids:
Der Selfie-Betrüger

Simon

Debora („Debbie“)

Raffaela („Raffi“)

Kevin

Kai Zwockel

Doro

Manuel

Liebe Leserinnen und Leser

Wie bei allen Fällen der Kaminski-Kids haben auch bei diesem Band meine drei Kinder **Sidi, Anuschka** und **Saskia** tatkräftig mitgeholfen. Vielen Dank dafür! Bedanken möchte ich mich für die wertvollen Anregungen auch bei **Jonas** (10) und **Martina Gehrig, Joëlle Broch, Simon** und **Sarah Hoehn** sowie **Matthias** (12), **Jaron** (13), **Nadine** (15), **Sheona** und **Bigna Meier.** Und natürlich bei meiner Frau **Andi,** ohne die dieses Buch nie möglich geworden wäre.
Mein Dank geht ebenfalls an **Manuela Griffel** und **André Widmer** (Kriminalpolizei) sowie **Simon Carrel, Claudia Bucheli** und **Titus Bürgisser** (Pädagogen) für ihre sachkundige Beratung.
Nicht zuletzt möchte ich mich auch bei meinen Lektorinnen **Vera Hahn** und **Anne Helke** sowie bei meinem Lektor und Freund **Christian Meyer** bedanken, der seit Beginn der Kaminski-Kids in sämtlichen Bänden entscheidende Impulse eingebracht hat.

Viel Spaß wünscht Euch allen

Carlo Meier
fanclub@kaminski-kids.com

Besuche die Kaminski-Kids auf www.kaminski-kids.com! Schau nach, was die Kids über sich selbst erzählen, und fordere die kostenlosen E-Mail-News mit spannenden Infos und Gewinnspielen an – damit bleibst Du immer am Ball, wenn was Wichtiges passiert. Viel Wissenswertes gibt es auch für Vorträge/Referate und natürlich rund um die Bücher, Hörspiele und Lesungen sowie den Autor.

Carlo Meier

Die Kaminski-Kids: Der Selfie-Betrüger

Mit Illustrationen von Matthias Leutwyler

Bibliografische Information der Deutschen Nationalbibliothek
Die Deutsche Nationalbibliothek verzeichnet diese Publikation in der Deutschen Nationalbibliografie; detaillierte bibliografische Daten sind im Internet über www.dnb.de abrufbar.

1. Taschenbuchauflage 2017

Umschlag und Illustrationen: Matthias Leutwyler, Luzern
Typografie Umschlag: David Grau, Fontis – Brunnen Basel
Satz: InnoSet AG, Justin Messmer, Basel
Druck: Finidr
Gedruckt in der Tschechischen Republik

ISBN 978-3-03848-134-8

Inhalt

Im Spiegelbild

1

«Ganz schön aufregend!»

Simon schnappte im Schulhof auf, wie ein paar Jungs heimlich miteinander tuschelten.

«Das war ja ein echter Skandal», sagte einer gerade. «Ansprache des Schulleiters, alle Eltern in der Aula, die Polizei vor Ort ...»

«Sogar in der Schülerzeitung ist ein Bericht darüber gekommen!»

«Ja, und jetzt ist Laura weggezogen.»

«Deswegen geht die Welt nicht unter.» Über Kevins gutaussehendes Gesicht huschte ein Grinsen. «Laura hat's hier in der Gegend eben nicht mehr gefallen, das ist alles.»

«Kein Wunder, wenn alle ihre Fotos gesehen haben und sie tagelang das Schulhaus-Thema Nummer eins war!»

«Und das so kurz vor der Abschlussprüfung», murmelte ein Junge. «Hoffentlich schaff ich die Prüfung, Mann! Ich hab echt keine Lust, das ganze Schuljahr zu wiederholen.»

«Wem sagst du das, Alter.» Kevin klopfte dem Jungen auf den Rücken und schlenderte davon.

Im angrenzenden Park lehnte er sich gegen einen Baum. Locker holte er sein Handy hervor und begann eine WhatsApp-Nachricht zu schreiben.

Find dich toll doro … ich mag dein rotes haar!!!! Wir zwei wären ein hübshes paar

Kevin

Kevin musste grinsen. Das reimte sich ja sogar – Haar und Paar. Dabei hatte er das gar nicht gewollt. War ihm gerade eben so eingefallen. Tja, entweder man hatte es drauf oder eben nicht, so war das. Sein Text klang wie ein Gedicht, wie von einem Lover an seine Geliebte. Genau richtig … Er schrieb weiter.

Gib mir ein beweis deiner liebe
Möchte was von dir sehen du bist sicher mega süß

Kevin

Die Pausenglocke klingelte. Kevin drückte auf *Senden*. Lächelnd ging er zurück zum Hof und verschwand dann mit allen anderen im Schulhaus. Eine weitere todlangweilige Stunde wartete auf ihn. Mathe. Davon hatte er nicht den geringsten Plan. Außer einem: Gähn. Nein, falsch: Doppelgähn. Oh, Mann …

Nach dem Turnunterricht nahm Debora in der Umkleide ihren Sportbeutel vom Haken und ging hinaus. Als sie an den Klo-Abteilen vorbeikam, hörte sie, wie in einer Kabine jemand schluchzte.

Debora blieb stehen. «Hey, kann ich helfen?»

Die Spülung rauschte. Niemand antwortete.

Dann öffnete sich die Tür.

Ein Mädchen kam heraus.

Doro. Sie hatte ganz verheulte Augen.

«Hey», sagte Debora. «Ist was passiert? Geht's wieder?»

Doro nickte und wandte sich ab. Ohne ein Wort wusch sie sich die Hände und schlich dann mit hängenden Schultern in die Umkleide zurück.

Debora fragte sich, was sie jetzt tun sollte. Einfach rausgehen? Oder sich um Doro kümmern? Bloß wie, wenn sie nicht sprechen wollte?

Ratlos zuckte Debora die Schultern und trottete mit den letzten Mädchen hinaus.

Erst vor dem Gebäude merkte sie, dass sie drinnen etwas vergessen hatte. Ihr goldenes Kettchen mit dem Kreuzanhänger, das sie von Manuel geschenkt bekommen hatte. Beim Gedanken an Manuel fiel ihr ein, dass sie ihn schon eine ganze Weile nicht mehr gesehen hatte. Es war höchste Zeit, ihn wieder einmal in der Stadt zu besuchen. Oder dass er übers Wochenende auf den Kaminski-Hof kam. Sie vermisste ihn.

Aber okay. Jedenfalls musste sie jetzt noch mal rein. Das Kettchen lag bestimmt noch in der Umkleide, dort nahm sie es zum Turnen immer ab.

Debora eilte zurück in die Garderobe. Von den Duschen her drang Feuchtigkeit in den ganzen Raum. Am Boden zeichneten sich Fußabdrücke ab. Neben den Haartrocknern war der lange Spiegel beschlagen. Nur ein Teil des Glases war trockengewischt.

Darin spiegelte sich Doro. Sie machte mit ihrem Handy ein Foto von ihrem Spiegelbild. Im Turndress mit hautenger rosa Gymnastikhose und knappem ärmellosem T-Shirt.

«Wozu machst du das denn?», fragte Debora verwirrt – eben noch hatte Doro geheult, und jetzt schoss sie ein Foto von sich?

«Einfach so», murmelte Doro kaum hörbar.

«Na, komm schon, Doro, irgendwas ist doch los. Oder?»

«Mein Freund will ein Selfie von mir!», stieß Doro hervor. «Und wenn ich's nicht tue, wird nichts aus uns!»

«Was?» Erstaunt runzelte Debora die Stirn. «Das ist ja echt schräg.» Sie nahm ihr Goldkettchen von der Ablage und legte es sich um den Hals.

«Find ich auch, aber es stimmt.» Doro tippte auf ihr Handy und hielt es Debora hin. «Hier, lies selbst.»

Gib mir ein beweis deiner liebe ♥
Möchte was von dir sehen du bist sicher mega süß 💋

Kevin

Was meinst du damit, du möchtest was sehen von mir??? Möchte was von dir sehen du bist sicher mega süß ❤ 💕

Doro

Na was shönes! ein selfie!!!

Kevin

Aber ich liebe dich doch ❤ ❤ ❤ Das muss ich dir doch nicht beweisen, das ist doch ganz klar!!!!!!!!!

Doro

«Ist im Fall echt wahr», hielt Doro eindringlich fest. «Ich liebe Kevin wirklich – so fest, dass mir davon fast schlecht wird!»

Sie setzte sich auf die Bank, beugte sich vor und schlug die Hände vors Gesicht. Nach einer Weile drangen leise Schluchzer unter ihren Fingern hervor.

Debora setzte sich neben sie.

«Ich ...» Doro schniefte. «Ich weiß nicht mehr, was ich tun soll. Ich möchte Kevin als Freund. Aber wenn meine Eltern rausfinden, dass ich ihm so was geschickt hab, machen sie ein Riesentheater! Ich will nicht mehr leben!»

Debora legte den Arm um sie. «Na, so schlimm wird's wohl nicht sein.»

«Doch!» Doro schaute sie aus tränenverschleierten Augen an. «Mein Vater hat mir nach dem Skandal mit Laura eine Standpauke gehalten. ‹Sei nicht so dumm wie dieses

Mädchen›, hat er gesagt. ‹Pass auf und lass ja die Finger davon!› Und jetzt …»

Doro schlug die Hände wieder vors Gesicht und schluchzte erneut auf. «Ich weiß einfach nicht mehr weiter!»

Schlimme Jungs

2

«Also, ich würd ihm kein solches Foto schicken.» Debora schob das Fahrrad neben Doro her die Dorfstraße entlang. Doro wohnte nicht weit vom Kaminski-Hof entfernt.

«Und warum genau nicht?», fragte Doro und schüttelte ihr schönes rotes Haar. Sie hatte sich inzwischen etwas beruhigt.

Debora hob die Schultern. «Wenn er wirklich an dir interessiert ist, findet ihr auch so zusammen.»

«Na, du hast gut reden! Du kommst überall gut an. Dich finden die Jungs eh cool, so hübsch, wie du bist.»

«Ich würd's trotzdem nicht tun.»

«Aber es ist doch gar nichts Unanständiges drauf, ich bin ja angezogen. Und ich möchte ihn unbedingt als Freund!»

«Vielleicht schickt er das Bild weiter und verlangt dann gleich ein neues», wandte Debora ein. «Man hat ja bei Laura gesehen, wie so was rauskommen kann.»

«Das tut er ganz bestimmt nicht. Kevin ist nicht wie die anderen Jungs. Er will das Foto für sich behalten. Außerdem hat er mit der Laura-Sache nichts zu tun.»

«Meinst du?» Debora hob die Augenbrauen. «Da bin

ich mir mal nicht so sicher. Die Polizei hat jedenfalls nie rausgefunden, wer da wirklich dahintersteckte.»

«Doch, hat sie», entgegnete Doro. «Alle im Schulhaus wussten es doch. Die WhatsApp-Fotos kamen von Kai. An die ganze Gruppe.»

«Ja, aber Kai hat bis zuletzt behauptet, er hätte die Bilder von jemand anderem bekommen, nicht direkt von Laura.» Debora seufzte. «Leider hat er nie verraten, von wem er sie gekriegt hat.»

«Wie auch immer», beharrte Doro. «Kevin hat jedenfalls nichts damit zu schaffen. Vergiss es.»

«Hm.» Debora sagte nichts mehr dazu. Sie war sich ziemlich sicher, dass Kevin hinter der Sache steckte. Der Junge wickelte an der Schule ein Mädchen nach dem anderen um den Finger. Auch bei ihr hatte er es schon versucht. Und da er bei der Laura-Sache nicht erwischt wurde, dachte er sich vielleicht, er könne einfach immer so weitermachen.

«Debbie …» Doro blieb stehen. «Du musst mir was versprechen. Du darfst es niemandem verraten, falls ich Kevin das Foto schicke, okay?» Sie fasste Debora am Arm und schaute sie eindringlich an. «Meine Eltern dürfen auf keinen Fall etwas davon erfahren, sonst bin ich dran!»

Simon und sein Freund Loko holten nach der Schule im Fahrradhäuschen ihre Räder. Drinnen hörten sie, wie Kevin auf dem Schulhof zwei Kumpels zu sich rief.

Simon und Loko konnten durch die Öffnungen in der durchlochten Aluminium-Wand sehen, wie Kevin draußen den beiden Kumpels auf seinem Handy ein Foto zeigte. «Na, was sagt ihr dazu?»

«Ganz okay», meinte einer. «Aber ohne Turndress wär's noch besser!»

«Aller Anfang ist schwer», lächelte Kevin. «Doro muss noch einiges lernen. Ich werde ihr dabei behilflich sein.»

«Aber Achtung!» Ein Junge begann zu grinsen. «Auf keinen Fall die Bilder weiterschicken!» Er verzog das Gesicht und äffte den Polizisten vom Info-Abend neulich nach: «Damit würdest du dich strafbar machen!»

Die drei lachten schallend los. «Das ist so was von verboten, das geht gar nicht!» Prustend klatschten sie sich ab. «Schlimme, schlimme Jungs!» Sie kriegten sich fast nicht mehr ein vor Lachen.

Plötzlich gab Kevins Handy einen Ton von sich. Eine neue WhatsApp-Nachricht war eingetroffen.

Der hübsche Junge ging ein wenig beiseite, überflog die Zeilen und textete dann eine Antwort. Seine Kumpels verzogen sich.

«Fängt jetzt alles wieder von vorne an?», murmelte Simon, als er mit Loko das Fahrradhäuschen verließ. «Einfach mit einem anderen Mädchen?»

«Hoffentlich nicht.» Loko schaute über den Schulhof. «Hey, was machen die zwei denn da?»

Raffi und ihre Freundin Nina huschten mit einer großen, uralt aussehenden Kamera in Kevins Nähe.

«Keine Ahnung», meinte Simon. «Das möchte ich jetzt aber auch wissen.»

Sie schoben ihre Räder zu den Mädchen hinüber.

Als sie dort ankamen, surrte aus der klobigen Kamera ein weißes Stück Pappe heraus. Der innere Teil des Blattes färbte sich langsam bunt. Zuerst wurde darauf eine Mauer des Schulhauses sichtbar, dann ein Junge in der Bildmitte.

«Na», sagte Simon. «Was treibt ihr denn so?»

Die Mädchen kicherten, und Raffi schaute Nina aufmunternd an. «Zeig es ihnen doch!»

«Okay ...» Nina hielt das Polaroid-Sofortbild hoch, das inzwischen zu Ende entwickelt war. Die Farben leuchteten, und der Junge in der Mitte war klar und deutlich zu erkennen.

«Hä?», machte Loko. «Wieso macht ihr denn ein Foto von Kevin?»

Nina blickte verlegen zu Boden, und Raffi erklärte: «Ganz einfach, weil Nina ihn süß findet!»

Nina wurde rot.

«Ach, sieh an!» Die Jungs begannen zu grinsen. «Echt?»

«Na ja», murmelte Nina mit gesenktem Blick. «Er sieht halt so schnucklig aus. Wie dieser Sänger – dieser schnucklige Dingsda. Wie heißt der noch gleich?»

«Du meinst den mit dem Tiernamen?», fragte Loko. «Ich glaube, es war ein Otter, oder?»

«Fast», meinte Simon. «Ein Biber.»

Raffi lachte. «Genau, der war's.»

«Ha, ha», machte Nina ein bisschen eingeschnappt, aber schmunzeln musste sie trotzdem.

Neben ihr zeigte Raffi nun auf die klotzige Sofortbildkamera. «Die haben wir bei Nina auf dem Dachboden gefunden. Zuerst wussten wir gar nicht, was das überhaupt ist. Aber Ninas Vater hat es uns dann erklärt.»

«Papa hat uns auch sein letztes Filmpack mit zehn Fotos gegeben. Das dürfen wir jetzt verknipsen.»

«Einfach so verknipsen werden wir die Bilder natürlich nicht», berichtigte Raffi. «Von den zehn Fotos haben wir jetzt nur noch neun. Das sind die aller-allerletzten Bilder, die wir mit diesem Apparat machen können.» Sie nickte feierlich. «Davon ist natürlich jedes einzelne ganz wertvoll!»

Etwas später kamen Simon und Raffi nach Hause auf den Kaminski-Hof und gingen gleich in die Küche, um sich eine Zwischenmahlzeit zu holen.

Debora saß am Küchentisch. Sie wirkte bedrückt. «Hallo zusammen», murmelte sie.

«Debbie?» Raffi sah sie an. «Stimmt was nicht?»

«Nein, nein, alles gut.»

«Na, komm schon», sagte Simon. «Man sieht doch, dass du was hast.»

«Na ja, es ist …» Debora schob ihr Glas Milch weg. «Ich hab von Doro erfahren, dass sie vielleicht eine Dummheit begeht, und das gibt mir zu denken.»

«Ach ja?» Simon blickte auf. «Vorhin haben im Schulhof ein paar Jungs ein Foto von Doro begafft.»

«Echt?» Betroffen schaute Debora hoch. «Auf Kevins Handy?»

«Genau. Wieso …»

«Ich hab ihr gesagt, sie soll ihm das Bild nicht schicken! Jetzt hat sie's doch getan.»

«Ja, und er hat es brühwarm seinen Kumpels gezeigt.»

«Das muss ich Doro sagen. Sie dachte, Kevin würde das Foto für sich behalten. Sie glaubt, er würde so was wie im Fall Laura nie tun.»

«Das könnte aber ein großer Fehler sein», meinte Simon. «Damit läuft Doro vielleicht in die gleiche Falle hinein wie Laura.»

Debora nickte. «Das fürchte ich auch. Doro ist zwar ein Mathe-Genie, aber sonst ist sie ein bisschen naiv. Die glaubt alles, was ein hübscher Junge ihr sagt.»

«Ein meeega hübscher Junge», grinste Raffi. «So wie der Biber!»

Simon schmunzelte, wurde aber gleich wieder ernst. «Erwähn bloß Mathe nicht, Debbie. Da ich im Gegensatz zu Doro kein Mathe-Genie bin, muss ich noch übelst büffeln! Die große Abschlussprüfung liegt mir ganz schön auf dem Magen.»

Tschüss, Bro!

3

«Was ist denn eigentlich genau mit Laura passiert?», fragte Raffi in der Küche des Kaminski-Hofs. «Das habe ich nie ganz kapiert.»

Simon und Debora warfen sich einen Blick zu.

«Laura hat Fotos von sich mit dem Handy an einen Jungen geschickt», antwortete Simon. «Da war sie teilweise nackt drauf. Der Typ hat die Bilder weitergeschickt, und am Schluss hat das halbe Schulhaus die Fotos gesehen.»

«Die meisten Schüler haben Laura verspottet und sie eine Schlampe genannt», erklärte Debora. «Es wurde für Laura so schlimm, dass sie sich gar nicht mehr zur Schule traute. Zuletzt ist sie mit ihrer ganzen Familie weggezogen, weil sie es nicht mehr ausgehalten hat. Sie musste alle Freunde zurücklassen und an einem fremden Ort völlig neu anfangen.»

Simon nickte. «Anders wusste sie sich nicht mehr zu helfen. Die Sache hat Laura furchtbar mitgenommen. Sie ist heute noch in Behandlung deswegen.»

«Arme Laura», murmelte Raffi schockiert.

«Ja, und Doro könnte jetzt dasselbe passieren, wenn sie nicht aufpasst», stellte Debora fest. «Nur wenn klar wäre, dass Kevin bei der Sache mit Laura dabei war – das würde ihr vielleicht die Augen öffnen.»

«Das ist aber schwer zu beweisen», meinte Simon. «Ich hab auf WhatsApp alle Fotos von Laura gelöscht, die mir zugeschickt worden sind. Es ist ja nicht nur das Verbreiten solcher Fotos strafbar, sondern auch ihr Besitz, und wenn ich welche auf meinem Handy habe, dann gilt das als Besitz.» Er kniff die Augen zusammen. «Ich kann also nicht mehr nachsehen, wer sie geschickt hat.»

«Es war Kai», sagte Debora. «Aber der wollte ja leider nie verraten, von wem er selber die Bilder bekommen hat.»

Sie stand auf. «Auf jeden Fall rufe ich jetzt Doro an. Sie muss wissen, dass Kevin seinen Kumpels ihr Foto zeigte.»

In diesem Moment klingelte es an der Tür. Wie der Blitz schoss Raffi hoch. «Das ist bestimmt Nina! Wir gehen heute Nachmittag nämlich ins Kino. Da drauf hab ich mich schon lange gefreut!»

Simon begleitete Raffi und Nina zur Bushaltestelle. Als sie schon fast da waren, sah er im Park einen Jungen auf einer Bank sitzen. Es war Kai.

Simon schaute die Mädchen an. «Von hier schafft ihr's allein, oder?»

«Na klar!» Raffi kickte verschmitzt einen Stein zur Seite. «Wir sind ja keine Babys mehr!»

«Gut, dann mal viel Spaß im Kino.»

«Danke. Und tschüss!»

Die Mädchen zottelten davon.

Simon bog von der Dorfstraße ab.

Langsam schlenderte er auf Kai zu. Der Junge saß mit Stöpseln in den Ohren über sein Handy gebeugt. Mit rasenden Daumen spielte er ein Game und bekam nichts vom Leben um ihn herum mit.

Als Simons Schatten auf ihn fiel, schaute Kai erschrocken auf. Doch er senkte den Blick gleich wieder aufs Handy. «Vielen Dank fürs Erschrecken», murmelte er vorwurfsvoll.

«Dir auch einen schönen Tag.» Simon setzte sich neben ihn. «Du, sag mal – jetzt, wo es vorbei ist, kannst du's ja verraten.»

«Was?» Kai blickte nicht auf. «Ich habe keinen Plan, wovon du sprichst, Alter.»

«Von Lauras Fotos. Wer hat sie dir geschickt? Von wem hast du sie bekommen?»

«Stimmt, das ist wirklich vorbei. Ende der Durchsage.» Auf Kais Bildschirm schlug der Held gerade die gegnerische Figur zusammen.

Simon stocherte unbeirrt weiter. «Warum willst du's denn eigentlich nicht sagen?»

«Weil ich kein Verräter bin. Ich hab schon genug

Schwierigkeiten mit der Polizei gekriegt, weil ich die Fotos weitergeleitet habe. Jetzt will ich's mir nicht auch noch mit den Jungs im Dorf verderben, indem ich petze. Fürs Weiterleiten hab ich meine Strafe verbüßt, zwanzig Stunden Sozialarbeit – die ganze Zeit dem Schul-Hausmeister helfen. Ganz schön hart, Mann.»

«Kann ich mir vorstellen», meinte Simon. «Hast du gewusst, dass Kevin jetzt dieselbe Masche mit Doro anfängt?»

«Was?» Kai schaute auf. «Das ist aber nicht wahr, oder?»

«Doch.»

«Echt jetzt? Das glaub ich nicht.» Im Spiel ging Kais Figur zu Boden. Sein Handy machte einen schrillen Ton, und auf dem Display erschien der Text *DU BIST TOT.*

Kai klickte das Spiel weg und rief die Videotelefon-App auf.

Kurz darauf erschien Kevins Gesicht auf dem Bildschirm.

«Hey Kevin», grüßte Kai. «Ich muss dich was fragen.»

«Keine Zeit, Bro», antwortete Kevin. «Hab Schöneres zu tun.»

Das Bild schwenkte im Garten vor Kevins Haus auf ein Mädchen. Der knallrote Mund in ihrem stark geschminkten Gesicht sagte: «Kävinnn, wann fängt eigch der Film an?»

Die Kamera schwenkte zurück, und Kevin grinste ins Bild. «Siehst du? Tschüss, Bro.»

Das Bild wurde schwarz.

Kai erhob sich von der Parkbank. «Das will ich jetzt trotzdem wissen.» Ohne ein weiteres Wort eilte der Junge davon.

«Tschüss, Bro», murmelte Simon ihm hinterher.

Er wartete, bis Kai um die Ecke verschwunden war.

Dann stand er auf und folgte ihm in sicherer Entfernung.

Zu wertvoll

4

Debora führte den Collie Zwockel an der Leine, als sie sich mit Doro am Weiher traf. Gleich hinter dem kleinen Kiosk konnten sie auf einem schattigen Rundweg entlangschlendern, wo sie ungestört reden konnten.

«Kevin scheint das Foto von mir im Turndress ja zu gefallen», meinte Doro und strich sich eine rote Haarsträhne aus der Stirn. «Sonst würde er's nicht seinen Freunden zeigen.»

«Aber er hat es nicht für sich behalten», wandte Debora ein. «Und davon bist du doch ausgegangen, oder?»

«Schon, aber verschickt hat er es auch nicht.» Doro setzte sich ans Ufer des Weihers. «Genau, wie ich gesagt habe.»

Debora setzte sich neben sie. «Ich glaube fast, du *willst* es nicht sehen, Doro.»

Mit gekräuselten Lippen schaute Doro sie von der Seite an. «Kann es sein, dass du vielleicht eifersüchtig bist, weil Kevin auf mich steht und nicht auf dich?» Sie konnte sich ein Grinsen kaum verkneifen.

«Nein», antwortete Debora ruhig. «Kevin hat es bei mir auch versucht. Ich sollte ihm ein Selfie schicken, aber ich hab ihn abblitzen lassen und ihm gleich klargemacht, dass er von mir nichts bekommt.»

«Echt?» Doro sah sie ganz erstaunt an. «Du wolltest Kevin nicht als Freund? Bist du nicht ganz dicht? Weißt du, wie hammermäßig es wäre, den als Freund zu haben?»

«Wieso?», fragte Debora. «Was soll daran so toll sein? Wieso willst du so einen wie den eigentlich als Freund? Passt der überhaupt zu dir?»

«Blöde Frage!», prustete Doro. «Alle wollen den als Freund! Der sieht sooo gut aus!» Schwelgend verdrehte sie die Augen. «Er ist sooo süß – und so cool! Wenn man Kevin als Freund hat, ist man die Prinzessin vom ganzen Dorf!»

«Ach.» Debora war sich nicht so sicher, ob der Junge Doro wirklich wie eine Prinzessin behandeln würde. Vielleicht wäre auch genau das Gegenteil der Fall.

Zwockel rannte davon und verfolgte eine Entenfamilie.

«Aus!», rief Debora ihm hinterher. «Lass die Entchen in Ruhe, Zwockel!»

Der Hund blieb stehen, sah sich um und schnupperte dann an einem Strauch herum.

Debora richtete den Blick wieder auf Doro. «Ich finde, in einer Freundschaft sollte man füreinander nur das Beste wollen. Wenn man sich liebt, sollte man sich nicht ausnutzen.»

«Hmm …», machte Doro nachdenklich. «Das find ich natürlich auch.» Sie warf ein paar Steine in den Weiher und schaute zu, wie sich auf der Wasseroberfläche Ringe bildeten.

Nach einer Weile fragte sie: «Wie hältst du das denn mit deinem Freund? Würdest du ihm ein Foto schicken, wenn er es wollte?»

«Natürlich schicke ich ihm Fotos von mir», antwortete Debora. «Aber nicht solche wie Laura.» Sie schob die Sonnenbrille in ihr blondes Haar hoch. «Selbst wenn Manuel danach fragen würde, würde ich's nicht machen. Ich bin mir zu wertvoll, um so was von mir herzugeben. Aber er will das ja auch gar nicht.»

«Da ist Kevin eben schon anders», murmelte Doro. «Er will, dass ich ihm meine Liebe beweise. Er braucht das irgendwie ...»

Beim Sprechen schaute Doro auf den Weiher hinaus. Hätte sie geahnt, wie nahe Kevin ihr in diesem Augenblick war, hätte sie ganz schön gestaunt. Denn der Junge kam hinter ihr durch den Park zur Kioskbude herunter – und er war nicht allein ...

Kevin trat mit Belinda an die Bude. «Wir hätten gern ein Eis am Stiel», sagte er zur Verkäuferin. Dann wandte er sich an das Mädchen mit den knallroten Lippen und den wilden braunen Locken. «Welche Sorte magst du am liebsten, Belinda?»

«Och, das ist mir eigentlich egal.»

«Na, komm schon, du hast doch bestimmt einen Lieblingsgeschmack!»

«Klar hab ich den», lächelte Belinda. «Der bist du. Du bist mein Lieblingsgeschmack!»

Kevin atmete aus. «Na, toll.» Dann wandte er sich wieder an die Verkäuferin. «Also, zweimal Vanille, bitte.»

«Gerne.» Die Frau holte aus der Kühltruhe zwei Tüten.

Kevin legte das Geld auf die Theke. Die Verkäuferin zählte es, warf die Münzen in die Kasse und schob die Tüten herüber.

Belinda schnappte sich blitzschnell beide und versteckte sie hinter ihrem Rücken. «Du kriegst deine erst, wenn ich eine Gegenleistung bekomme.»

Kevin hob die Augenbrauen.

«Was für eine Gegenleistung?»

Das Mädchen spitzte den roten Mund. «Ein Kuss. Jetzt gleich.» Sie zeigte mit dem Finger auf ihre Lippen. «Hier drauf.»

«Okay. Ich dachte schon, es wär was Ätzendes.»

«Was Ätzendes? Was könnte ich denn Ätzendes von dir wollen?»

«Na, zusammen Shoppen gehen oder so'n Quatsch.»

«Ach so», lächelte sie. «Da hast du ja noch mal Glück gehabt.» Sie spitzte den Mund und schloss die Augen.

Kevin beugte sich vor und gab ihr den Kuss. Dann wischte er sich rasch über den Mund. Er wollte nicht, dass da nachher noch was von dem grässlichen Lippenstift draufklebte. Auf keinen Fall.

ICE
CREAM
Sweet
CAFÉ
EIS
Süsses

«Einen Liebesbeweis will er also von dir», murmelte Debora unten am Weiher.

Doro sah gedankenvoll aufs Wasser hinaus. Sie hätte sich bloß umzudrehen brauchen, dann hätte sie Kevin gleich mit dem anderen Mädchen beim Kiosk gesehen. Doch das tat sie nicht.

«Und?», fuhr Debora fort. «Hat er dir denn auch schon seine Liebe bewiesen?»

«Ja, klar.» Doro holte ihr Handy hervor und machte es an. «Er schreibt mir! Hier.» Zum Beweis hielt sie Debora das Gerät vors Gesicht.

Debora las die WhatsApp-Einträge.

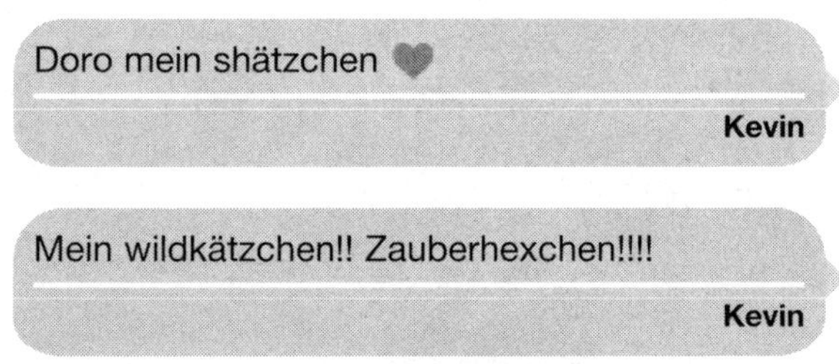

Auf dem Bildschirm poppten rote Herzchen auf, und in einer Sprechblase erschien ein Kussmäulchen.

Begeistert sah Doro auf. «Ist das nicht süß?!»

Debora musste schmunzeln. «Na ja …»

Zwockel rannte inzwischen wieder hinter den Enten her. Die schnatternde Familie rettete sich auf den Weiher hinaus. Der Collie blieb am Ufer stehen und sah schwanzwedelnd zu, wie die Entchen den Eltern folgten.

Da tauchte vor Deboras Augen schon wieder Doros Handy-Bildschirm auf. Diesmal zeigte er Kevin, der in Jeans, aber ohne Shirt, mit fitnessgestähltem eingeöltem Oberkörper aus dem Badezimmerspiegel lächelte.

«Hat er dir das geschickt?», fragte sie Doro.

«Das ist sein WhatsApp-Bild», erklärte das rothaarige Mädchen schwärmerisch. «Ich hab's zu meinen Fotos kopiert. Das seh ich mir immer an, wenn ich an ihn denke.»

Sie lehnte sich zurück und schaute verträumt in den Himmel. «Das Gleiche tut Kevin bestimmt auch mit meinem Foto. Deshalb wollte er es doch. Damit er es sich anschauen kann, wenn er abends allein zu Hause auf dem Bett liegt und ganz verliebt an mich denkt.» Sie seufzte glücklich auf.

Debora sog tief Luft ein und blies sie langsam wieder aus. «Ich hoffe für dich, dass es wirklich so ist.» Und nach einer Pause: «Du bist also sicher, dass Kevin es ernst meint? Und dass er nichts mit der Laura-Sache zu tun hat?»

«Logisch bin ich sicher.» Doro drehte langsam den Kopf und betrachtete Debora gegen die Sonne aus zusammengekniffenen Augen. «Ich hab ihn nämlich gefragt, und er hat mir geschworen, dass er nichts damit zu tun hatte.» Ein Lächeln umspielte ihre Lippen. «Er hat gesagt, Laura wäre ihm eh zu wenig hübsch.»

Doro richtete sich wieder auf und begann erneut, Steine aufs Wasser zu werfen.

«Trotzdem», hakte Debora nach. «Wenn irgendwie rauskäme, dass Kevin doch dabei war – würdest du ihm dann keine Selfies mehr schicken?»

Doro nickte versonnen. «Wenn das bewiesen wäre, dann wäre für mich klar, dass Kevin ein falsches Spiel mit mir treibt. Aber das tut er nicht. So was würde er nie tun. Nie.»

Am Kiosk knüllte Kevin seine leere Eistüte zusammen. «So, es ist langsam Zeit fürs Kino.»

«Oh ja», strahlte Belinda. «Ich freue mich schon unglaublich drauf!»

Das konnte Kevin von sich nicht gerade behaupten. Er wusste noch nicht mal, wie der Film eigentlich hieß. Irgendwas mit Göthe oder so.

«Okay, dann wollen wir mal», sagte er und ließ die zerknüllte Tüte zu Boden fallen.

«He!», rief die Verkäuferin im Kiosk. «Da ist doch ein Mülleimer! Was glaubst du denn, wozu der da steht?»

Kevin hob die Schultern. «Keine Ahnung», grinste er. «Vielleicht für die grässlichen Sachen da in Ihrer Auslage?»

Belinda warf ihre braune Lockenpracht in den Nacken und lachte laut los. Sie konnte sich fast nicht mehr einkriegen und bekam einen richtigen Lachanfall.

«Also dann.» Kevin winkte der Verkäuferin zu. «Bis zum nächsten Mal.»

Locker schlenderte er davon.

Belinda hängte sich bei ihm ein und lehnte ihren Kopf beim Gehen verliebt an Kevins Schulter.

Was ist schon dabei?

5

Raffi und Nina kamen fröhlich aus dem Kino heraus. «Der Film war voll lustig!», lachte Nina.

Plötzlich blieb Raffi stehen und hielt ihre Freundin am Arm fest. «He, schau mal da drüben!»

«Wo denn?»

«Da, auf der anderen Straßenseite. Aber unauffällig!»

Nina drehte sich langsam um. «Ach, da ist ja Kevin!»

Drüben schmiegte sich das braungelockte Mädchen an Kevin und stellte sich auf die Zehenspitzen.

«Aber hallo!», machte Raffi. «Was ist denn das für eine?»

«Und jetzt küsst er sie auch noch!» Nina schmollte. «Dabei wollte *ich* ihn doch heiraten!» Bei diesem Gedanken hielt sie sich die Hand vor den Mund, um dahinter loszuglucksen.

«Lass uns mit der Kamera ein Foto schießen», schlug Raffi vor. «Dann haben wir einen Beweis, dass Kevin Doro betrügt!»

«Stimmt, ein Foto ist natürlich ein super Beweis!», meinte Nina. «Wir knipsen ihn beim Küssen!»

«Genau. Also los!»

Während die zwei Mädchen über die Straße gingen, machte Nina die große Sofortbildkamera startklar.

Als sie drüben ankamen, knutschten Kevin und das Mädchen immer noch.

Raffi klopfte Nina auf die Schulter. «So, jetzt aber schnell! Sie küssen sich gleich wieder!»

Nina riss die Kamera hoch und schoss ein Bild.

Sofort kam das Foto laut surrend heraus.

«Woa!» Raffi drehte ihre Freundin von Kevin weg. «Hoffentlich merkt er nichts!»

Vorsichtig linste sie über die Schulter zu dem Jungen zurück. «Keine Gefahr», flüsterte sie. «Er ist zum Glück viel zu beschäftigt mit Knutschen!»

Kichernd gingen die Mädchen ein Stück die Straße hinunter. Dort betrachteten sie das geschossene Foto und verfolgten gespannt, wie es sich fertig entwickelte.

«Oh nein!», seufzte Raffi nach einer Weile. «Da sind ja nur die Füße drauf, Nina! Nächstes Mal musst du ein bisschen höher zielen!»

Simon befand immer noch in sicherem Abstand hinter Kai. Der Junge hatte ihn nicht bemerkt.

In diesem Moment ging Kai zum Kinoeingang. Simon blieb an der Ecke stehen. Von hier aus verfolgte

er, wie Kai drüben auf Kevin zuging. Die beiden Jungs redeten kurz miteinander, dann sagte Kevin etwas zu dem Mädchen an seiner Seite und schlenderte mit Kai davon. Ein wenig abseits begannen sich die zwei Jungs zu unterhalten.

In diesem Moment bemerkte Simon Raffi und Nina. Rasch ging er zu ihnen hinüber.

«Simon, wir müssen dir was sagen», sprudelte Raffi hervor. «Kevin und das Mädchen haben sich geküsst! Wir haben sie fotografiert!» Zum Beweis hielt sie ihm das Sofortbild hin.

«Klasse Idee», meinte Simon. «Die Schuhe sind ziemlich gut getroffen!

«Aber die beiden haben sich geküsst!»

«Tja, leider ist das auf dem Beweisstück nicht ganz eindeutig zu sehen.» Simon beugte sich zu den Mädchen hinunter. «Hört mal, geht bitte zu Kevin und Kai rüber und belauscht die beiden.»

Nina war ein bisschen eingeschnappt, weil Simon ihr Foto bemängelt hatte. «Und warum belauschst du sie nicht selbst, wenn man fragen darf?»

«Weil zwei kleine Mädchen viel unauffälliger sind als ein Klassenkamerad von ihnen, darum.»

«He, wir sind nicht klein!», schmollte Raffi, musste aber gleich selbst grinsen. «Im Belauschen sind wir hingegen ziemlich gut, oder etwa nicht, Nina?»

Da musste ihre Freundin ihr beipflichten. «Stimmt, wir haben schon viel gefährlichere Aufträge ausgeführt als diesen.»

«Genau. Also, nichts wie hin!»

«Okay!»

Mit ernsten Gesichtern trotteten die beiden Mädchen los.

«Kevin, ist das deine neue Freundin mit dem knallroten Mund da drüben?» Kai deutete zu der braungelockten Belinda hinüber. Sie stand wie bestellt und nicht abgeholt vor dem Kinoeingang.

«Spinnst du, Alter?» Kevin tippte sich an die Stirn. «Sie sieht zwar nicht übel aus, aber sie ist nicht gerade die Hellste. Sie weiß nicht mal, was ihre Lieblings-Eissorte ist!»

Kai beugte sich vor und schaute Kevin ernst an. «Du, stimmt es, was ich gehört habe?»

«Was denn?»

«Du machst jetzt Doro fertig?»

«Hey, easy, Mann», lächelte Kevin. «Ganz cool bleiben, Alter. Von Fertigmachen kann keine Rede sein. Eher von Glücklichmachen. Und überhaupt, was ist schon dabei, Mann?»

«Ich find's nicht gut.»

«Wie bitte?» Kevin hob die Augenbrauen. «Warum das denn jetzt?»

«Weil ...» Befangen blickte Kai zu Boden. «Weil ... Nimm doch einfach irgendein anderes Mädchen.»

«Ach, so ist das!», grinste Kevin. «Bist du etwa verguckt in Doro?» Er klopfte Kai auf die Schulter. «Vergiss es, Alter. Doro will mich, nur mich. Und sie würde alles tun, um mich zu kriegen. Sie wird die nächste Nummer in meiner Sammlung!»

«Nicht witzig», meinte Kai. «Du kannst doch wirklich eine andere anbaggern. Zum Beispiel die da drüben vor dem Kinoeingang – die wartet ja schon auf dich.»

«Ich glaub, du bist wirklich in Doro verknallt, Alter.» Kevin grinste abschätzig. «Ich glaub's echt nicht, Kai ist verliebt in Doro! Hast du denn keine Augen im Kopf?»

«Ich mein's wirklich ernst, Kevin. Lass Doro in Ruhe, ich sag's nur noch dieses eine Mal.»

«Hey, hast du eigentlich nicht mehr alle?» Kevin griff in seinen Rucksack und holte einen gelben Umschlag heraus. «Weißt du, was das ist?»

«Nein. Was denn?»

«Von meinem Vater», erklärte Kevin. «Soll ich dir geben. Die Einladung zum Vorstellungsgespräch für die Lehrstelle.»

«Echt jetzt?» Kai begann zu strahlen und streckte die Hand aus.

Rasch zog Kevin den Umschlag weg. «Den kriegst du, wenn du keinen Ärger machst. Verstehst du? Sonst ...» Kevin tat so, als würde er den Umschlag zerreißen.

«Okay, okay», sagte Kai schnell. «Alles klar, Mann.»

Kevin lächelte Kai an. «Na also, geht doch.» Er schob den gelben Umschlag wieder in seinen Rucksack und schlurfte grinsend zu Belinda zurück.

Ein geheimer Schatz

6

Simon kam mit Raffi und Nina auf den Kaminski-Hof zurück, da hörten sie eine bekannte Stimme.

«Hallo!» Debora schritt in Reitstiefeln auf sie zu. Sie war zusammen mit ihrer Freundin Suila auf der benachbarten Pferdefarm mit den Stuten ausgeritten.

Aufgeregt erzählte Raffi, was sie vor dem Kino aufgeschnappt hatten. «Kai will unbedingt, dass Kevin Doro in Ruhe lässt, weil … weil …»

«Ja, warum eigentlich?» Nina sah Simon fragend an. «Wieso ist ihm das so wichtig?»

«Na ja», antwortete Simon. «Kai ist wohl ein bisschen verliebt in Doro.»

Das brachte Raffi und Nina erneut zum Kichern.

Dann holte Nina das Foto heraus, das sie von Kevins Füßen geschossen hatte, und streckte es Debora hin. «Hier zum Beweis: Kevin knutscht mit einem anderen Mädchen!»

«Na super», schmunzelte Debora. «Der Beweis ist leider nicht ganz eindeutig.»

«Aber eins ist klar», hielt Simon fest. «Kevin betrachtet

Doro bloß als eine Nummer – er benutzt sie, um seine Freunde zu beeindrucken.»

«Das ist offensichtlich, aber wie machen wir das Doro klar? Sie ist ja so was von verknallt in diesen supersüßen ...» Debora rollte die Augen. «Doro glaubt ihm jedes Wort. Wenn er ihr schreibt, dass er sie liebt, dann nimmt sie ihm das voll ab. Ist sie denn blind? Er schreibt doch nur das, was sie hören will!»

Simon nickte.

«In Wahrheit ist sie für ihn nur ein Spielzeug.»

«Das ist fies.» Raffi stemmte die Hände in die Hüfte. «Wir müssen das Doro unbedingt sagen!»

«Ja, schon», meinte Debora. «Aber ohne Beweis wird sie alles abstreiten. Sie glaubt, Kevin ist Mister Superman und bleibt das bis ans Lebensende.»

«Wir können nur hoffen, dass sie keine Dummheit begeht.» Simon blickte auf die Uhr. «So, ich muss jetzt büffeln, was das Zeug hält. Morgen ist die große Abschlussprüfung!»

Am Abend lag Doro in ihrem Zimmer auf dem Bett und betrachtete Kevins Profilbild im Handy. Plötzlich gab das Gerät einen Ton von sich. Doro erschrak so heftig, dass sie das Telefon fast fallenließ. Doch sie konnte es gerade noch in der Hand behalten, und darüber war sie ganz schön froh. Denn die eingetrudelte Nachricht war von Kevin.

Doro seufzte glücklich auf und begann zu lesen.

Wie läufts mein zuckermäulchen??????
Du ich hab ein mädchen kennengelernt
Sie hat mir hübshe pics von sich geshickt
wenn du weist was ich meine
Ich will lieber dich aber möchte halt shon auch
hübshe pics ...
Was jetzt? Bist du meine freundinn??? Zeigs
mir!!!!!!!!!!!!!
Dein zuckerboy

Kevin

Nach dem Lesen fühlte sich Doro nicht mehr so glücklich wie zuvor. Sie war hin- und hergerissen, ob sie Kevin nun ein neues Foto schicken sollte. Ein frecheres? Ihr erstes Bild hatte ihm offenbar doch nicht so gut gefallen, wie sie geglaubt hatte.

Sie war eben doch zu wenig hübsch, dachte sie jetzt mit feuchten Augen. Sie konnte es vergessen. Kevin würde niemals sie wählen. Niemals. Er würde eine viel Hübschere aussuchen, und damit hatte es sich dann. Wie konnte sie nur so blöd sein, zu glauben, ein Junge wie Kevin stehe auf sie. Kevin ...

Sie wischte sich die Tränen aus den Augen.

Dann malte sie sich wieder aus, wie wunderschön es doch wäre, Kevins Freundin zu sein. Wie wunder-wunderwunderschön ... Dann wäre sie die Prinzessin des Dorfes, sie allein.

Aber dafür musste man etwas tun. Einfach so wurde man keine Prinzessin.

Also, was jetzt?

Ja oder nein?

Doro fällte eine Entscheidung.

Sie glitt vom Bett und ging hinaus ins Bad. Dort holte sie die Schminksachen ihrer großen Schwester. Rasch schloss sie sich damit in ihrem Zimmer ein.

Vor dem Spiegel schminkte sie sich, und zwar nicht zu knapp. Diesmal käme die volle Ladung drauf. Andere sparten schließlich auch nicht damit.

Anschließend zog sie ihren Bikini an und richtete sich ihr rotes Haar zu einer stylischen Frisur wie in einem Modemagazin. Das dauerte ganz schön lange.

Als sie endlich einigermaßen zufrieden war, übte sie vor dem Spiegel, wie sie am besten aussah. Mit vorgestülpten Lippen machte sie ein Entengesicht und klimperte mit den Wimpern.

Schließlich war es so weit. Sie nahm das Handy, hielt es in der rechten Hand und reckte den Arm so weit wie möglich nach oben. Dieser Winkel – so hatte sie gehört – soll anscheinend besonders sexy sein.

Okay, also dann.

Sie knipste ein Foto. Und gleich noch ein paar weitere.

Danach legte sie sich aufs Bett und wählte das beste Bild aus. Das war jedoch einfacher gedacht als getan. Nervend lange konnte sie sich einfach nicht entscheiden. Dann, nach ewigem Hin und Her, wählte sie endlich eins aus.

Bevor sie das Foto abschickte, schrieb sie noch eine Nachricht.

Kevin, für dich ALLEIN ❤
Nicht weitergeben – soll ein geheimer Schatz sein
Von mir – für dich
Nur wir zwei ❤ ❤

Doro

Am nächsten Morgen saßen die Kids beim Frühstück. Simon war so aufgeregt wegen der Prüfung, dass er sich anstrengen musste, um überhaupt einen Bissen runterzukriegen.

«Mach dir keine Sorgen», mampfte Raffi mit vollem Mund. «Du wirst das schaffen. Ganz bestimmt!»

«Hoffen wir's», murmelte Simon. «Ein ganzes Jahr zu wiederholen, darauf hätte ich echt keine Lust ...»

Plötzlich piepte sein Handy und kündigte eine WhatsApp-Nachricht an. Simon sah nach. Ein neuer Beitrag im Gruppenchat seiner Schule. Was hatte das wohl zu bedeuten? Etwa eine wichtige Mitteilung zur Prüfung?

Nein. Ein Foto war eingetroffen. Es zeigte Doro im Bikini, wie sie in die Kamera hochschmollte.

«Das gibt's ja nicht.»

Die Mädchen schauten auf. «Was denn?»

Simon zeigte ihnen das Bild. «Das hat Kevin soeben an alle weitergeleitet.»

Debora beugte sich vor, um das Foto zu sehen. «Das

darf ja nicht wahr sein!» Sie wischte sich den Mund ab, holte ihr Handy heraus und rief Doro an.

Als Doro ranging, begann Debora ohne Umschweife: «Du, der hat allen das Foto geschickt!»

«Was?», fragte Doro verwirrt. «Wer?»

«Na, wer wohl? Kevin natürlich! Das Bild, wo du im Bikini voll aufgetakelt drauf bist.»

«Was? Das glaube ich jetzt aber nicht. Das hat Kevin nicht getan. Du hast schon am Anfang behauptet, er würde so was tun, aber es stimmt nicht!»

«Doch, leider stimmt es.»

«So, und woher willst du das bitteschön wissen?»

«Weil Simon es mir eben gezeigt hat. Er hat es auf WhatsApp zusammen mit fünfzig anderen erhalten, mit der ganzen Schulgruppe. Und wer weiß wer sonst noch. Jeder dieser Empfänger kann's ja weiterleiten, an unbeschränkt viele andere.»

Von Doro war nichts mehr zu hören.

Debora wartete.

Nach einer Weile drang ein leises Schniefen aus der Leitung.

«Doro?»

«Er hat es mir geschworen», murmelte Doro. «Er behält es für sich, wie einen Schatz ...»

«Hat er aber nicht.» Debora sog tief Luft ein. «Sag mal, bist du eigentlich blind auf beiden Augen? Glaubst du wirklich alles, was der sagt?»

Doro schluchzte gequält auf. «Ich ... ich ...»

«Was?»

«Ich geh nie mehr zur Schule!», stieß Doro hervor. «Jetzt denken alle, ich sei eine Schlampe! Und wenn meine Eltern das erfahren …»

«Das hättest du dir vorher überlegen müssen.»

In der Leitung klickte es.

«Doro? DORO?»

Nichts. Doro hatte aufgelegt.

Debora versuchte sie gleich noch mal zu erreichen, doch Doro ging nicht mehr ran. «Was macht sie nun wohl?», fragte sie sich leise.

«Keine Ahnung.» Simon trank seine Schokomilch aus und stand auf. «Jetzt gilt's! Jetzt geht's zur alles entscheidenden Prüfung …»

Doro wischte sich in ihrem Zimmer die Tränen aus dem verweinten Gesicht. Wütend schrieb sie Kevin eine Nachricht.

Das ist also wirklich das letzte! Das hätte ich nie von dir gedacht!

Doro

Was? wovon sprichst du

Kevin

Dass du das Foto weitergeleitet hast!
Ich will dich nie mehr sehen! Schreib mir nie wieder! Ich will nichts mehr mit dir zu tun haben!

Doro

Wie kommst du darauf dass ich das foto weitergeleitet hab? das ist gar nicht war!!!!

Kevin

Doch, simon hat es bekommen

Doro

Der lügt
Der will uns auseinanderbringen!!!!
Aber das shafft der nicht du bist meine freundinn!!
Doro du bist doch mein zuckershätzchen 
Vertrau mir!
Ich liebe dich!!

Kevin

Die Prüfung

7

Im Schulhaus blieb Simon vor seinem Prüfungszimmer stehen. Er atmete tief durch und blickte hinein: Mehrere Reihen Zweiertische mit einem Sichtschutz in der Mitte, um zu verhindern, dass die Schüler voneinander abschrieben.

Simon ging rein, suchte sich einen Platz aus und setzte sich hin. Vor ihm lag wie an jedem Platz eine rote Mappe mit den Prüfungsfragen drin. Daneben ein Bleistift, ein Radierer und ein liniertes Blatt Papier für Notizen.

Die Mappen durfte man natürlich noch nicht öffnen. Simon betrachtete seine und fragte sich, was ihn darin wohl erwartete. Wären die Aufgaben lösbar? Kämen die Aufgaben, für die er so viel gelernt und auf die er sich so gut vorbereitet hatte? Oder ganz andere? Würde es ihn kalt erwischen?

In diesem Augenblick trat Loko ins Zimmer. Simons bester Freund setzte sich neben ihn und hielt ihm die flache Hand hin. «Gib mir fünf, Bro. Jetzt kommt der Tag der Wahrheit!»

Von vorne näherte sich der Prüfungsaufseher. Er war ein Mann von auswärts, damit für alle Schüler die gleichen neutralen Voraussetzungen ohne Ansehen der Person galten.

«Ihr zwei Jungs.» Er blieb vor Simon und Loko stehen. «Ihr setzt euch besser auseinander, im eigenen Interesse, damit ihr euch nicht ablenkt.»

«Okay. Wenn's sein muss …» Loko stand auf und suchte sich einen anderen Platz.

Im selben Moment schlurfte Kevin in den Raum herein. Mit den Kopfhörern in den Ohren tippte er eine Nachricht in sein Handy und sah sich kurz nach freien Plätzen um. Weiterhin tippend kam er auf Simon zu.

Der Aufseher schaute zuerst auf die Uhr und dann zu Kevin. «Du bist ja ziemlich knapp dran, junger Mann.»

«Mir doch egal», murmelte Kevin und drückte auf *Senden*. Dann ließ er sich auf den Stuhl neben Simon fallen und warf seine teure Tasche achtlos unters Pult.

Im ganzen Prüfungszimmer war jetzt nur noch ein Platz leer.

«Da fehlt jemand», stellte der Prüfungsaufseher fest.

Alle schauten sich um.

Ein Mädchen meldete sich: «Doro fehlt.»

Der Aufseher machte sich eine Notiz. «Gut. Weiß jemand, was mit ihr ist?»

Einige schüttelten den Kopf. Keiner sagte etwas, nur Kevin grinste: «Vielleicht hat sie ein Fotoshooting bei einer großen Model-Agentur.»

Der Aufseher überging das. «Weil Doro nicht rechtzeitig erschienen ist, muss sie zur Nachprüfung erscheinen.»

Dann stellte er sich vorne hin. «Ich begrüße euch zur

Mathe-Abschlussprüfung. Mein Name ist Berger. Ihr kennt die Regeln: Keine Gespräche. Nur die Stifte auf den Tischen verwenden, keine anderen Schreibwerkzeuge. Wenn ihr eine Frage habt, dürft ihr nur mich fragen. Wer den Sichtschutz umgeht und mogelt, hat die Prüfung nicht bestanden. Wer Spickzettel dabeihat, darf sie gleich jetzt abgeben – wer während der Prüfung beim Schummeln erwischt wird, ist raus. Und jetzt legt bitte alle eure Hände auf den Tisch.»

Die Schüler folgten der Aufforderung ohne großes Murren.

Berger ging durch die Reihen und überprüfte, ob jemand Notizen auf der Haut hatte.

Bei Kevin blieb er stehen. «Selbstverständlich sind sämtliche elektronischen Geräte strengstens verboten.»

«Echt?» Kevin verzog den Mund. «Schade, ich kann mich mit Musik besser konzentrieren.»

«Noch eine solche Bemerkung, und du kriegst einen Vermerk.»

«Ja, ja, ja.» Übertrieben seufzend wickelte Kevin das Kopfhörerkabel zusammen und schob das Handy in die Tasche.

Der Aufseher ging wieder nach vorne.

«Sind noch Fragen?»

Stummes Kopfschütteln im ganzen Raum.

«Gut, dann könnt ihr jetzt anfangen.»

Alle beugten sich vor und öffneten ihre rote Mappe.

Simon nahm wie die anderen den Prüfungsbogen heraus und begann zu arbeiten.

Stille breitete sich im Zimmer aus.

Aus dem Augenwinkel nahm Simon wahr, dass Kevin rumtrödelte und auf seinem Bleistift kaute.

Doch Simon kümmerte sich nicht darum und vertiefte sich voll und ganz in seine Prüfung.

Zur gleichen Zeit betrat Doro ein Holzhäuschen in einer Schrebergarten-Siedlung. Es gehörte einer Tante von ihr, die jetzt aber nicht hier war.

Doro ging hinein und schloss die Tür hinter sich zu.

Das Haus war gemütlich eingerichtet. Doch das half Doro jetzt überhaupt nicht. Sie war total aufgelöst und verzweifelt.

Schon wieder stiegen ihr Tränen in die Augen.

Voller Liebeskummer und bitterer Enttäuschung warf sie sich aufs Sofa und schluchzte laut los. Hier konnte sie ihren Gefühlen freien Lauf lassen. Hier konnte niemand sie hören. Hier war sie allein mit ihrem Schmerz.

Plötzlich klappte neben dem Fenster das Türchen der alten Wanduhr auf. Ein hölzerner Vogel schoss heraus und krächzte mehrmals «Kuckuck!»

Das tat er immer zur vollen Stunde. Jetzt hatte also in der Schule die Prüfung begonnen …

Doro zog die Nase hoch und holte ihr Handy heraus. Vor ein paar Minuten hatte sie eine WhatsApp-Nachricht erhalten. Jetzt wollte sie sehen, von wem die war.

Mit tränenverschleierten Augen las sie:

> Doromaus du musst mir helfen als meine freundinn
> Ich shicke dir nachher ein foto der prüfungsaufgaben
> Und du shickst mir ganz schnell die lösungen zurück
> So was tut eine freundinn für ihren freund
> Wenn sie in wirklich liebt …
>
> **Kevin**

Doro machte das Handy aus und warf es in hohem Bogen weg.

Nein.

Kommt überhaupt nicht in Frage.

Auf gar keinen Fall. Das würde sie nicht tun.

Sie richtete sich auf und blickte durch die weißen Vorhänge am Fenster hinaus in die Gartensiedlung.

Das ging jetzt wirklich zu weit.

So was tat sie nicht.

Oder …

Etwa doch?

Kevin hatte ihr Vertrauen missbraucht! Er hatte ihr Foto gegen ihren Willen weitergeleitet. Er hatte genau das getan, was sie nicht wollte.

Andererseits …

Vielleicht war dies jetzt genau die Möglichkeit, ihre schmerzliche Liebe zu Kevin doch noch zur Erfüllung zu bringen. Wenn sie ihm jetzt half, würde er vielleicht tatsächlich ihr Freund werden. Und sie damit zur Prinzessin des ganzen Dorfes küren.

Die Prüfungsaufgaben würde sie wohl hinkriegen. Mathe war kein Problem für sie.

Aber wenn sie das tat … würde sie damit vielleicht eine riesige Dummheit begehen.

Den Fehler ihres Lebens.

Gut möglich. Sehr gut sogar.

Aber irgendwie konnte sie fast nicht anders. Kevin war einfach zu süß. Viel zu süß …

Also – was jetzt?

Ja oder nein?

Ja?

Nein?

Sie schlug sich die Hände vors Gesicht.

Was sollte sie bloß tun?

Im Prüfungszimmer schlenderte der Aufseher durch die Reihen. Eine Schülerin hob die Hand, und Berger ging zu ihr hinüber. Er beugte sich vor, hörte sich ihre Frage an und antwortete dann leise.

Während er dadurch abgelenkt war, holte Kevin unauffällig sein Handy aus der Tasche. Heimlich machte er ein Foto von der Prüfung, verschickte das Bild auf WhatsApp und ließ das Handy wieder verschwinden. Die ganze Aktion dauerte nur wenige Sekunden.

Als Berger sich wieder aufrichtete, musterte Kevin mit gerunzelter Stirn sein Prüfungsblatt, als würde er über den Aufgaben brüten.

Simon war inzwischen gut vorangekommen. Er gewann von Aufgabe zu Aufgabe an Sicherheit, das Büffeln schien sich gelohnt zu haben. Bisher hatte er alle Aufgaben hingekriegt, es lief richtig gut.

Rasch warf er einen Blick auf seine Armbanduhr. Er war super in der Zeit, obwohl die Stunde schon ein bisschen fortgeschritten war.

Auf einmal ging nebenan ein Ruck durch Kevin. Als Berger wieder zu einem Schüler ging und sich dessen Frage anhörte, holte Kevin das Handy hervor und legte es sich auf die Knie. Eine WhatsApp-Nachricht war geöffnet. Von Doro – die Lösungen der Aufgaben. Kevin brauchte sie bloß noch abzuschreiben. Was er nun auch tat. Plötzlich war er so fleißig wie selten.

Simon bemerkte zwar, dass da irgendwas vorging. Aber er ließ sich dadurch nicht stören und schon gar nicht von seiner Prüfung ablenken.

Doch auf einmal passierte etwas. Kevin legte hastig das Handy am Sichtschutz vorbei auf Simons Seite des Tisches.

Simon sah aus dem Augenwinkel den Aufseher nahen und blickte auf. Da stand Berger schon vor ihm und griff nach dem Handy. «Handys sind verboten!», fuhr der Mann Simon an. «Das weißt du ganz genau. Das wird Folgen haben.»

«Es gehört gar nicht mir!»

«Es liegt aber bei dir auf dem Tisch, junger Mann. Wem soll es denn sonst gehören?»

Simon zeigte auf Kevin. «Na, dem da!»

Die anderen Schüler schauten, was da los war. Ein Murmeln ging durch den Raum.

«Ruhe!», gebot der Aufseher. «Alle schweigen! Die Prüfungsregeln gelten nach wie vor. Niemand schwatzt. Alle arbeiten ruhig an ihren Aufgaben weiter.»

Das Gemurmel verstummte. Die Schüler senkten die Köpfe und vertieften sich wieder in die Prüfung. Nur Simon nicht – solange der Aufseher ihn aufhielt, konnte er nicht weitermachen. Dabei war er doch noch gar nicht fertig. Und die Zeit lief!

Der Beweis

8

Während der Prüfungsaufseher mit Simon sprach, blieb Kevin nicht untätig. Er radierte auf seinem Blatt rasch die Lösung von Aufgabe drei und sechs aus und schrieb eine falsche Zahl hin.

«Hm …» Berger legte die Prüfungsblätter von Simon und Kevin nebeneinander und verglich die Lösungen mit denen im Handy. «Wollen wir doch mal sehen … Aha!»

Bei Simon waren die Ergebnisse aller bisher gelösten Aufgaben gleich wie im Handy, nämlich richtig. Bei Kevin nicht, zwei Lösungen waren falsch.

Berger legte das Handy wieder auf den Tisch. «Das ist der Beweis.» Er schaute Simon ernst an. «Du hast gemogelt. Dir hat jemand die richtigen Lösungen geschickt!»

Erneut ging ein Murmeln durch den Raum. Alle blickten Simon an.

«Aber, ich …», stammelte er. «Das stimmt nicht, ich …»

«Ruhe», schnitt Berger ihm das Wort ab. «Du brauchst dich gar nicht zu rechtfertigen.» Er nahm ihm das Blatt weg. «Für dich ist die Prüfung beendet. Ich werde die Sache dem Schulleiter übergeben.»

Kevin schaute immer wieder auf das Handy. Als nun das Display erlosch, lehnte er sich lächelnd zurück.

«Aber», wagte Simon doch noch einen Versuch. «Sie brauchen ja nur ins Handy reinzuschauen, dann sehen Sie sofort, wem es gehört.»

Der Aufseher schwieg. Aber er nahm das Handy und wollte es anmachen. Doch es war gesperrt.

«Nenn mir den Code», verlangte er von Simon.

«Ich kenne den Code von Kevins Handy nicht.»

Berger hielt ihm das Gerät hin. «Drück den Daumen hier auf den Fingerabdruck-Scanner.»

«Wenn Sie meinen ...» Simon tat es. Natürlich passierte nichts. «So», sagte Simon. «Und jetzt Kevin!»

Während der Aufseher Kevin das Handy hinstreckte, war es nun an Simon, sich lächelnd zurückzulehnen.

Doch auch bei Kevin geschah nichts.

«Das versteh ich jetzt nicht», murmelte Simon. Dann fiel ihm etwas ein. «Einige Leute verwenden nicht den Daumen, sondern den Zeigefinger zum Entsperren!»

«Na dann ...» Kevin tat auch dies. Und wieder geschah nichts.

«Und jetzt?», grinste Kevin zu Simon hinüber. «Soll ich auch noch den kleinen Finger nehmen? Oder den großen Zeh?»

Simon verstand die Welt nicht mehr. Jetzt stand er noch verdächtiger da als zuvor.

Der Aufseher überlegte kurz und hielt dann das Handy in die Höhe. «Weiß jemand, wem dieses Handy gehört?»

Die Schüler blickten auf.

Einer sagte: «Das von Kevin ist es jedenfalls nicht, der hat das neue iPhone Gold.»

Ein anderer meinte: «Das von Simon ist es, glaub ich, auch nicht. Bin nicht ganz sicher, aber eher nicht.»

«Gut», eröffnete Berger. «Ich bringe es nach der Prüfung zum Schulleiter. Der wird bestimmt rausfinden, wem es gehört.»

Er steckte das Gerät in seine Jackentasche, was Kevin aufmerksam beobachtete.

Dann ging der Aufseher nach vorne, hängte seine Jacke über die Stuhllehne beim Lehrerpult und behielt den Raum aufmerksam im Auge.

Als es klingelte, stand der Aufseher auf. «So, die Zeit ist um. Alle legen den Bleistift aus der Hand. Legt die Prüfung in die Mappen. Lasst sie auf dem Tisch liegen, ich ziehe sie nachher ein.»

Berger wartete, bis alle Schüler seiner Aufforderung nachgekommen waren. «Damit ist die Prüfung beendet. Ihr dürft den Raum verlassen.»

Stühle rückten, und ein Gemurmel startete.

«Wie ist es bei dir gelaufen?»

«Ziemlich mies. Du, was war da bei Simon los?»

«Der hat wohl geschummelt. Was passiert jetzt mit ihm?»

Simon packte langsam seine Sachen zusammen, während rund um ihn das Gewusel toste. Ein Durcheinander von Sätzen drang an seine Ohren. Er hatte ein flaues Gefühl im Magen, hörte Stühle scharren und immer wieder Gespräche über ihn.

«Hätte nicht gedacht, dass Simon mogelt. Alle, aber nicht der.»

«Noch dazu mit dem Handy! Und sich auch noch dabei erwischen lassen!»

«Ja, wie dumm ist das denn?!»

«Nun kann er den Klassenwechsel vergessen.»

«Mann, würde mich das anöden, das ganze Jahr wiederholen!»

«Mein Vater würde mich fertigmachen!»

«Meiner auch. In Simons Haut möchte ich jetzt nicht stecken, echt!»

Loko kam herüber und fragte besorgt: «Hey, Simon, was ist denn da gelaufen?»

Simon hätte gerne mit Kevin gesprochen, aber der hatte seine Sachen schon zusammengepackt und ging zur Tür. Doch er verließ das Zimmer nicht, sondern blieb in der Nähe des Ausgangs stehen.

Simon beobachtete, wie Kevin nun unauffällig Richtung Lehrerpult schlenderte.

Der Prüfungsaufseher ging im Raum umher und sammelte die Mappen mit den Prüfungsblättern ein.

Kevin beugte sich zum Stuhl am Lehrerpult vor.

Da begriff Simon, was Kevin vorhatte: Der wollte das Handy klauen! In der Jackentasche des Aufsehers steckte doch das Handy! Das Beweisstück, das Simons Unschuld beweisen konnte!

Simon sah sich zu Berger um. Doch der war abgelenkt durch die Frage einer Schülerin.

Kevin streckte die Hand zur Jackentasche aus.

Simon holte Luft, um zu rufen.

In diesem Augenblick klopfte es an der Tür, und ein Lehrer trat ein.

Blitzschnell zog Kevin die Hand zurück und richtete sich wieder auf.

Locker gondelte er zur Tür, als wäre nichts gewesen.

Seine Hand war – leer.

Dann verließ er das Zimmer, ohne sich umzublicken.

Gnadenlos

9

Im Schulhausflur wartete Kevin, bis der Prüfungsaufseher das Zimmer verließ. Dann folgte er dem Mann unauffällig zum Büro des Schulleiters im zweiten Stock. Unterwegs sah er Kai, zupfte ihn am Ärmel und schleppte ihn gleich mit.

Oben schlichen die beiden Jungs in die Nähe der offenen Bürotür. Von hier aus konnten sie hören, was drinnen gesprochen wurde, ohne selbst bemerkt zu werden.

Der Aufseher erklärte dem Schulleiter gerade in allen Einzelheiten, was vorgefallen war. Zuletzt gab er ihm das beschlagnahmte Handy.

«Danke», brummte der Schulleiter. «Ich werde es morgen früh der Polizei übergeben, die kann aufgrund der SIM-Karte im Handy den Besitzer ermitteln. So lange schließe ich das Handy hier ein.»

Kai sah draußen Kevin an. «Das ist aber nicht etwa dein Handy, oder?»

«Doch, mein Auslandshandy. Das hat mir mein Vater mal im Urlaub gekauft. Ich bin ja nicht blöd und benütze für so was mein richtiges Handy. Komm mal mit!»

Kevin zog Kai einige Schritte zur Seite in eine düstere Nische, wo keiner sie hören konnte, wenn sie leise sprachen. «Hör mal, Kai, du wirst mich heute Abend auf einen kleinen Ausflug ins Schulhaus begleiten.»

«Was?» Kai runzelte die Stirn. «Wozu das denn?»

«Na, um das Handy zurückzuholen, ist doch klar!»

«Hast du sie nicht mehr alle? Im Schulhaus einbrechen, um was zu klauen? Bist du jetzt vollständig durchgeknallt?»

«Pst!» Kevin hielt den Finger an die Lippen. «Nicht so laut!»

Kai beugte sich zu ihm vor und flüsterte: «Ich breche bestimmt nicht hier ein! Ich will ja nicht von der Schule fliegen!»

«Wir werden nicht von der Schule fliegen, Mann. Krieg dich wieder ein.»

«Und warum nicht? Ein Einbruch ist …»

«Weil uns keiner erwischt. Darum.» Kevin sah sich vorsichtig um und prüfte die Umgebung. Es war niemand in der Nähe. «Ich muss das Handy unbedingt zurückkriegen. Da sind meine Daten drin, und man sieht, dass die Prüfungslösungen an mich geschickt wurden und nicht an Simon. Wenn das rauskommt, bin ich geliefert!»

«Vergiss es. Diesmal bin ich nicht dabei.» Kai schüttelte entschieden den Kopf. «Ohne mich!»

«Ehrlich?» Kevin öffnete seinen Rucksack. «Bist du ganz sicher?» Langsam zog er den gelben Umschlag heraus. «Soll ich?» Erneut deutete er an, er würde ihn zerreißen.

«Halt! Das kannst du nicht machen! Es geht um meine Lehrstelle! Du weißt doch, dass ich mich hundertmal beworben habe und überall abgeblitzt bin. Nie hat's geklappt, und jetzt hätte ich endlich eine Chance ...»

«Reg dich wieder ab, Alter. Du kriegst das Teil schon rechtzeitig. Wir sind doch Freunde.»

Kevin tätschelte Kai auf die Schulter. «Also, bis heute Abend.» Damit ließ er den Jungen in der düsteren Nische stehen.

Kai blickte ihm blass hinterher und schluckte leer.

Ein Einbruch ins Schulhaus – das war nicht gut. Gar nicht gut.

Aber was sollte er denn tun?

Für Simon zogen sich die restlichen Schulstunden des Tages endlos hin. Er konnte keinen klaren Gedanken fassen.

Dauernd fragte er sich, was seine Eltern wohl sagen würden. Und was er tun würde, wenn er tatsächlich das ganze Schuljahr wiederholen müsste.

Was wohl seine Freunde über ihn dachten?

Würden sie zu ihm halten?

Und immer wieder überlegte er, wie er seine Unschuld beweisen könnte.

Aber ihm fiel einfach nichts ein.

Gab es denn gar keinen Weg?

In den Pausen richteten Mitschüler aufmunternde Worte an ihn, doch diese drangen nur wie durch Watte bis zu ihm durch.

Die Prüfung war vermasselt, das stand fest. Er hatte sie ja nicht mal zu Ende schreiben können. Dabei war er so gut unterwegs gewesen! Es war so ungerecht! So unglaublich ungerecht!

Ein ganzes Jahr wiederholen, ein ganzes Jahr, kreiste es unablässig durch seinen Kopf.

Alles drehte sich.

Eine winzige Hoffnung blitzte dazwischen immer wieder auf. Ein einziger Hoffnungsschimmer blieb ihm. Wenn die Polizei das beschlagnahmte Handy untersuchte, würde sie herausfinden, dass es Kevin gehörte. Falls alles normal liefe. Man konnte ja nie wissen. Es durfte einfach nichts dazwischenkommen, auf keinen Fall. Sonst …

Das Handy. Verzweifelt klammerte sich Simon an diese Hoffnung. Das Handy konnte seine Rettung sein. Es *musste* seine Rettung sein! Es gab keinen anderen Ausweg.

Doch schon bald sank sein Mut wieder. Von neuem litt er an der Ungerechtigkeit, als Betrüger angeschaut zu werden. So eine himmelschreiende Ungerechtigkeit!

Das durfte doch einfach nicht wahr sein! Er hatte nichts getan, überhaupt nichts, rein gar nichts. Und trotzdem glaubte man ihm nicht. Und beschuldigte ihn, ein Betrüger zu sein!

Was sollte er bloß tun?

Er fühlte sich so hilflos, so machtlos, so einsam.

Und dann wieder die große Frage: Was würden die Eltern sagen? Was würden sie denken, wenn der Schulleiter sie benachrichtigte? Vielleicht rief der Mann genau in diesem Augenblick von seinem Büro aus auf dem Kaminski-Hof an. Und erzählte den Eltern alles. Dabei würde er natürlich die Version des Prüfungsaufsehers auftischen, und nicht die Wahrheit, das war klar. Alles würde gegen Simon sprechen. Und er konnte nichts dagegen tun. Nichts, nichts, nichts.

Dass der Schulleiter gerade jetzt den Eltern mitteilte, Simon habe geschummelt und müsse das Schuljahr wiederholen – das war eine totale Horrorvorstellung.

Wie würde es sein, wenn er am Ende des Schultages nach Hause käme? Was würde ihn dort erwarten?

Bei dem Gedanken wurde ihm beinahe schlecht.

Auf Simons Nachhauseweg brannte die Sonne gnadenlos vom Himmel herab. Es war brütend heiß, viel zu heiß für die Jahreszeit, seit Tagen schon, eine richtige Hitzewelle. Doch Simon merkte kaum etwas davon. Er trottete langsam die Dorfstraße entlang, trödelte herum, wollte den Moment hinausschieben. Den Moment, in dem er seinen Eltern gegenübertreten musste.

Bestimmt wussten sie inzwischen alles. Bestimmt war er bereits als mieser Betrüger bezeichnet worden. Die Eltern konnten ja nicht wissen, dass die Wahrheit ganz anders aussah.

Wie konnte er ihnen so unter die Augen treten?

Am liebsten wäre er abgehauen. Ganz weit weg. Und nie mehr zurückgekommen.

Aber er wusste genau, dass das keine Lösung war. Der Moment würde irgendwann kommen. Wenn nicht jetzt, dann später. Das ließ sich einfach nicht umgehen.

Also brachte er es besser gleich jetzt hinter sich.

Simon holte tief Luft und bog von der Dorfstraße ab.

Doch je näher er dem Kaminski-Hof kam, desto langsamer wurden seine Schritte wieder. Seine Füße waren schwer wie Blei.

Er tappte über den Platz.

Schleppte sich die Treppe hoch.

Öffnete die Tür.

Atmete noch mal tief durch.

Und trat ins Haus.

Drinnen im Flur verabschiedete sich Mutter gerade am Wandtelefon vom Schulleiter. Sie hatte also soeben die Nachricht erhalten.

Simon blieb mit weichen Knien stehen.

Mutter hängte den Hörer auf, drehte sich um, sah ihn an.

Dann kam sie ihm entgegen. Und umarmte ihn. Lange. Wortlos.

«Ich …», murmelte Simon. «Ich war's nicht.»

«Komm, Simon», sagte sie. «Wir setzen uns, und du erzählst in aller Ruhe, was geschehen ist.»

Falsch beschuldigt

10

«Stellt euch vor, nach der Prüfung versuchte Kevin sogar, dem Aufseher das Handy aus der Jackentasche zu klauen!», beendete Simon seine Schilderung der Geschehnisse.

Vater, Opa und die Mädchen waren inzwischen auch dazugekommen und hörten aufmerksam zu.

«Und – hat er das Handy erwischt?», fragte Raffi atemlos.

«Nein, zum Glück nicht.»

Opa räusperte sich. «Was hat der Schulleiter denn genau gesagt?»

«Dass Simon wahrscheinlich das Schuljahr wiederholen muss», erklärte Mutter. «Wörtlich stehe im Gesetz: ‹Wer die Prüfung auf unredliche Art ablegt, wird vom Übertritt in die nächste Schulstufe ausgeschlossen.› Es sei denn, es stellt sich heraus, dass Simon nicht gemogelt hat. Bis das geklärt ist, erwägt der Schulleiter eine vorübergehende Suspendierung von der Schule.»

«Was heißt das?», wollte Raffi wissen.

«Dass Simon vorläufig nicht mehr zur Schule darf.» Vater lehnte sich zurück. «Im Moment sieht es nicht gut aus. Aber wir alle wissen, dass Simons Handy den ganzen Tag über hier im Haus gelegen hat. Spätestens wenn die Polizei morgen das beschlagnahmte Handy überprüft, wird sich herausstellen, dass Simon nicht der Betrüger ist.»

«Ja», murmelte Simon. «Hoffen wir's.» Er war enorm erleichtert, dass die Eltern nicht ausflippten. Doch gefühlsmäßig war er immer noch ziemlich durch den Wind.

Bedrückt stand er auf und ging hoch in sein Zimmer.

Die Mädchen folgten ihm. Oben zogen sie die Tür seines Zimmers hinter sich zu.

Simon setzte sich aufs Bett und stützte den Kopf in die Hände. «Was ist, wenn bei der Überprüfung des Handys irgendwas schiefläuft? Wenn die Polizei aus irgendwelchen Gründen nicht rausfinden kann, wem das Teil gehört?»

Debora sah ihn fragend an. «Wieso sollte das denn nicht gehen?»

«Keine Ahnung.» Simon schaute auf. «Diesem Kevin ist alles zuzutrauen!» Er senkte den Blick wieder. «Ohne diesen Beweis sieht es übel aus: Das Handy lag auf meiner Seite, als der Aufseher es entdeckt hat.»

«Ein zweiter Beweis wäre echt gut», fand Debora. «Aber was könnte das denn sein?»

«Hmm ...» Raffi furchte die Stirn. «Wie könnte man Simons Unschuld denn noch irgendwie beweisen?»

Der Junge verzog die Lippen. «Ich habe nicht die geringste Ahnung.»

«Lasst uns Opa um Rat fragen», schlug Debora vor. «Er konnte uns schon oft helfen, wenn wir nicht mehr weiterwussten.»

«Das wird wohl das Beste sein», meinte Simon bedrückt.

Wenig später saßen die Kids im Wohnzimmer Opa gegenüber. Der fast blinde alte Mann verfolgte abends immer die Radio-Nachrichten und blieb anschließend noch ein bisschen in der Stube sitzen.

Simon streichelte Zwockel, der sich wohlig vor seinen Füßen räkelte. «Opa, ich kriege kaum mehr einen klaren Gedanken auf die Reihe wegen dieser Sache.»

«Das verstehe ich.» Großvater nickte. «Was wäre denn das Schlimmste, was passieren könnte? Was ist das Schlimmste für dich?»

«Die Ungerechtigkeit», antwortete Simon wie aus der Pistole geschossen. «Das ist das Schlimmste. Als schuldig angesehen zu werden, obwohl man gar nichts getan hat. Und man kann nichts dagegen tun, auch wenn man es noch so sehr möchte. Das ist ganz schön heftig.»

«Verstehe.» Opas Blick ging ins Leere. Dann räusperte er sich und brummte: «Vor langer Zeit gab es mal jemanden, der auch falsch beschuldigt wurde. Er hieß Josef und lebte als Hausverwalter beim Oberbefehlshaber. Dessen Frau behauptete eines Tages, Josef habe sie geküsst. Als ihr Mann das hörte, ließ er Josef ins Gefängnis werfen.

Dort wäre er wohl für immer geblieben, wenn nicht eines Nachts etwas passiert wäre. Da hatte nämlich der König einen Traum: Er stand am Flussufer und sah sieben schöne dicke Kühe aus dem Wasser steigen und im Ufergras weiden. Danach kamen sieben magere Kühe aus dem Fluss und verschlangen die anderen sieben.

Der König erwachte, doch der Traum ließ ihm keine Ruhe mehr. Am nächsten Tag rief er alle Wahrsager des Landes zu sich, doch keiner konnte den Traum deuten. Da ließ der König Josef aus dem Gefängnis holen. Josef hörte sich den Traum an, und Gott verriet ihm die Bedeutung. ‹Die sieben dicken Kühe bedeuten sieben Jahre, in denen es eine überreiche Ernte gibt›, erklärte Josef daraufhin dem König. ‹Die sieben mageren Kühe hingegen bedeuten sieben Jahre mit schlechter Ernte und großem Hunger. Darum empfehle ich dir, in den guten Jahren einen Vorrat zu sammeln für die dürren Jahre. Dann müssen wir nicht verhungern.›

Josefs Vorschlag gefiel dem König. ‹In dir wohnt Gottes Geist›, sagte er und setzte Josef als seinen wichtigsten Berater ein: ‹Gott hat dir das gezeigt, darum soll das ganze Volk auf dein Wort hören.›»

Opa schwieg, und eine Weile lang war im Wohnzimmer nur das Ticken der alten Wanduhr zu hören.

Dann hob Großvater den Kopf. «Josef wurde anfangs also auch falsch beschuldigt und sogar ins Gefängnis ge-

steckt. Doch er vertraute auf Gott und packte seine Chance. Darauf kommt es an. Und am Schluss wurde Josef sogar einer der mächtigsten Männer des Landes. Sein Ansehen wurde durch die Sache also nicht kleiner, sondern sogar noch größer.»

Die Kids ließen sich das durch den Kopf gehen. Es gab also noch Hoffnung …

Die einzige Chance

11

Zurück in Simons Zimmer überlegten die Kids, wie es nun weitergehen sollte. Simon hatte wieder etwas Mut geschöpft.

Raffi sah ihn an. «Was könnte denn *deine* Chance sein, so wie bei Josef?»

«Das Handy, ist doch klar. Es ist der einzige Beweis – die einzige Chance.»

«Sieht wirklich so aus.» Debora legte nachdenklich die Stirn in Falten. «Für Kevin scheint es aber ebenso wichtig zu sein. Sonst hätte er das Handy nach der Prüfung ja nicht zurückholen wollen.»

«Stimmt», pflichtete Simon bei. «Wenn es seine Schuld nicht beweisen würde, könnte er ja cool darauf warten, dass es von der Polizei geknackt wird.»

«Also sind wohl Sachen drauf, die ihn verraten.»

Raffi setzte sich auf. «Aber wird Kevin dann nicht versuchen, das Handy doch noch zu erwischen? Wenn sein erster Versuch misslang, und wenn es so entscheidend wichtig ist für ihn?»

«Das hat was, Raffi.» Simon nickte ernst. «Es könnte

wirklich sein, dass Kevin noch mal versucht, den Beweis aus dem Weg zu schaffen.» Aufgeregt sah der Junge seine Schwestern an. «Aber wie sollte Kevin da drankommen? Das Handy ist ja im Büro des Schulleiters eingeschlossen. Und morgen Früh wird es der Polizei übergeben.»

«Wenn überhaupt, dann müsste Kevin es noch in dieser Nacht versuchen», folgerte Debora. «Morgen ist es zu spät.»

«So was wäre dem Typ voll zuzutrauen!» Simon stand auf. «Aber es darf ihm auf keinen Fall gelingen! Ich muss zum Schulhaus, damit Kevin das Handy nicht klauen kann. Sonst ist alles aus – dann ist der einzige Beweis weg!»

Debora und Raffi standen ebenfalls auf. «Wir kommen zum Schulhaus mit!»

Doch Simon winkte ab und holte sein Handy heraus. «Ich rufe Loko an.»

Debora runzelte die Stirn. «Ich dachte, Loko hat kein Handy? Sein Vater verbietet ihm und Suila doch all das – Internet, Facebook, Smartphone …»

«Loko hat Kevins altes Handy günstig gekauft», erklärte Simon. «Kevin kriegt ja von seinen Eltern immer das neuste iPhone. Er kriegt sowieso immer alles, und immer das Neuste.»

Simon wählte die Nummer seines besten Freundes und

sagte zu den Mädchen: «Lokos Eltern haben keine Ahnung, dass er ein Handy hat.»

Als Loko abhob und Simon ihm erklärte, worum es ging, war Loko sofort damit einverstanden, Simon zu helfen. «Aber meine Eltern dürfen nichts davon erfahren», betonte Loko. «Ich darf ja nach zwanzig Uhr nicht mehr raus. Das muss unbedingt unter uns bleiben.»

Simon versprach ihm das und verabredete sich mit Loko beim Schulhaus. Und zwar so bald wie möglich. Nicht, dass Kevin noch vor ihrer Ankunft ins Schulhaus eindringen würde! …

Kaum war Simon zum Schulhaus aufgebrochen, hatte Debora eine Idee. «Hey, Raffi! Es gibt vielleicht doch noch einen zweiten Beweis für Simons Unschuld!»

«Echt?» Raffi sah sie erwartungsvoll an. «Was denn für einen?»

«Simon hat ja erzählt, dass Kevin die Prüfungslösungen von jemandem zugeschickt bekommen hat», begann Debora. «Wenn wir wüssten, *wer* ihm die Lösungen geschickt hat, dann könnte diese Person doch Simon entlasten. Denn die weiß ja, dass sie die Lösungen an Kevin und nicht an Simon gesendet hat, und könnte dies auch aussagen. Dann hätten wir einen Zeugen.»

«Super!», rief Raffi begeistert. «Aber wer könnte denn Kevin diese Lösungen geschickt haben?»

Die beiden Mädchen setzten sich in ihrem Zimmer auf ihre Betten und überlegten.

«Es muss jemand sein, der selbst nicht bei der Prüfung war», sagte Debora. «Sonst hätte er oder sie ja bei dem Betrug nicht mitmachen können. Aber die Person müsste trotzdem in der Lage sein, die Mathe-Aufgaben richtig zu lösen.»

Raffi blickte auf. «Hast du nicht gesagt, Doro sei ein Mathe-Genie?»

«Stimmt! Und sie war auch nicht in der Schule. Ich hab extra drauf geachtet, weil ich sie nach dem Anruf am Morgen noch mal sprechen wollte. Da hat sie ja gesagt, sie gehe nie mehr zur Schule. Hoffentlich ist alles okay mit ihr …»

«Aber würde Doro denn wirklich so was tun, bei einem Betrug mithelfen?»

«Normalerweise nicht», meinte Debora. «Aber für Kevin eben vielleicht doch. Er hat sie ja seit Tagen eingewickelt. Das hat der vielleicht nur getan, damit er sie dann dazu bringen kann, die Prüfungsaufgaben für ihn zu lösen.»

«Doro könnte es wirklich gewesen sein.» Raffis Augen leuchteten. «Sie hat Kevin wohl die Lösungen geschickt!»

Debora nickte. «Aber das bringt uns leider keinen Schritt weiter. Denn Doro würde nicht gegen Kevin aussagen, nie im Leben. Weil sie durch dick und dünn zu ihm hält in ihrer blinden Liebe.»

«Fragen könnten wir sie ja trotzdem mal», wandte Raffi ein. «Vielleicht hat sie inzwischen gemerkt, dass er sie nur ausnützt.»

«Wo du recht hast, hast du recht.» Debora nahm ihr Mobiltelefon und rief Doro an.

Doch Doros Handy war immer noch ausgeschaltet. Deshalb versuchte es Debora auf dem Festnetz bei Doro zu Hause.

Dort hob die Mutter ab. Als Debora nach Doro fragte, antwortete die Mutter fröhlich: «Doro übernachtet bei einer Freundin, sie feiert den Abschluss der Prüfungen. Doros Mathe-Arbeit ist super gelaufen, sie hat mich direkt nach der Prüfung angerufen.»

Debora schluckte leer. Sie hatte keine Ahnung, was sie sagen sollte. «Ähm … okay», murmelte sie leise. «Also … Schönen Abend noch.»

Sie legte auf und erklärte Raffi: «Doro hat ihre Mutter angelogen! Sie übernachtet nicht zu Hause, sie ist bestimmt weggelaufen und versteckt sich irgendwo! Wer weiß, wo Doro jetzt ist und wann sie wieder auftaucht.»

«Aber …» Raffi schaute Debora ernst an. «Dann …»

«… kann sie auch nicht für Simon aussagen», führte Debora den Satz zu Ende. «Jetzt bleibt leider doch nur das Handy als einziger Beweis. Umso wichtiger ist es, dass Kevin es im Schulhaus nicht klauen kann!»

«Oh, Mann.» Raffi strich sich fröstelnd über die Gänsehaut auf ihren Armen. «Wenn Simon und Loko es bloß schaffen, den Diebstahl zu verhindern – um jeden Preis!»

Betreten des Schulgeländes verboten

12

In der Dämmerung trafen sich Kevin und Kai an der Rückseite des Schulhauses. Kai lehnte sein Fahrrad gegen einen Baum, und Kevin legte sein schickes Longboard daneben auf die Erde.

«Wir müssen von hinten rein», erklärte Kai.

«Warum das denn?»

«Weil vorne der Hausmeister um diese Zeit immer den Schulhof kehrt.»

«Na, dann wollen wir mal.»

«Okay.» Kai führte Kevin ums Gebäude herum.

Leise traten die beiden in den Fahrradraum. Da gab es eine Hintertür zum Schulhaus.

Flink bückte Kai sich nach unten.

«Was wird das denn?», fragte Kevin. «Machst du jetzt Turnübungen?»

«Ha, ha.» Kai richtete sich wieder auf. «Ich hab am Nachmittag ein Steinchen hier reingelegt, damit das Schloss nicht einrasten kann.»

«Ach so», staunte Kevin. «Schlaues Köpfchen!»

«Den Trick hab ich rausgefunden, als ich meinen Arbeitseinsatz beim Hausmeister ableisten musste. So eine Strafleistung ist eben doch zu was nütze!»

«Da kann man mal sehen.» Kevin grinste und wollte die Tür öffnen.

«Stopp, warte!» Kai holte zwei Paar Plastikhandschuhe heraus. «Fingerabdrücke!»

«Cleveres Bürschchen», lobte Kevin erneut. Er streifte die Handschuhe über und machte die Tür auf.

Die beiden Jungs schlichen in den Schulhaus-Flur hinein.

Vorsichtig sahen sie sich im Halbdunkel um.

Außer dem großen Aquarium in der Mitte war nichts und niemand zu sehen. Hinter dem Glas schwammen farbige Fische hin und her. Sonst war alles ruhig.

Doch etwas war trotzdem anders als sonst.

Im ganzen Flur standen alle Türen sperrangelweit offen.

Kai runzelte die Stirn. «Was ist denn hier los?»

«Keine Ahnung», versetzte Kevin. «Mir doch egal. Jetzt komm schon!»

«Okay.»

Lautlos huschten die Jungs zur breiten Treppe nach oben.

Im gleichen Augenblick trafen sich Simon und Loko vor dem Schulhaus. In der Luft lag nach dem heißen Tag eine laue Abendbrise.

Die Jungs sahen aus einiger Entfernung, wie der Hausmeister in seinem blauen Arbeitskittel auf dem Pausenhof Abfall einsammelte. Als sie näherkamen, hörten sie ihn brummen: «Zwei Meter neben dem Mülleimer schaffen die's doch tatsächlich, den Müll auf den Boden zu werfen!»

Die Jungs duckten sich hinter eine Hecke und musterten das Schulhaus im roten Licht der untergehenden Sonne.

«Nicht gut», murmelte Simon. «Da sind ja alle Fenster und Türen offen.»

«Tja, wahrscheinlich lüftet der Hausmeister wegen der Hitzewelle gerade die Zimmer durch.»

Simon verzog den Mund. «Jetzt ist es natürlich noch viel schwieriger, das Haus zu überwachen, als wenn's nur der Haupteingang wäre.»

Loko nickte. «Stimmt, so hat Kevin viele Möglichkeiten, um reinzukommen. Und wir können nicht alles gleichzeitig im Auge behalten.»

Simon sah seinen Freund an. «Was meinst du, wo wird er es wohl am ehesten versuchen? Versetzen wir uns mal in seine Lage. Wo würdest du reingehen?»

«Mit Sicherheit nicht durch den Haupteingang, das ist schon mal klar. Da ist die Gefahr am größten, dass der Hausmeister ihn sehen würde, denn der ist ja auf dem Vorplatz am Sauberma... Hey, wo ist der überhaupt?»

«Hier ist er», ertönte hinter ihnen eine tiefe Stimme.

Erschrocken wandten sie sich um.

«Was habt ihr hier zu suchen?» Der Hausmeister zeigte

auf ein Schild mit der Aufschrift: *Nach 20 Uhr Betreten des Schulgeländes verboten.* «Es ist schon zehn durch, Jungs!»

«Ähm … das ist so», druckste Loko herum. «Meine Schwester … die hat ihr Rad vergessen.»

«Ach ja? Na, gut.» Der Hausmeister machte eine Kopfbewegung zum Fahrradhäuschen hinüber. «Dann holt es halt rasch.»

«Danke.» Die Jungs gingen los und trotteten über den Pausenhof.

«Na super», flüsterte Simon unterwegs. «Solange der da rumschwirrt, können wir das Schulhaus nicht überwachen.»

«Aber Kevin kann auch nicht rein», grinste Loko.

Simons Blick wanderte zu den offenstehenden Fenstern im Erdgeschoss. «Hoffen wir das Beste …»

Im Fahrradhäuschen drehten sie gleich wieder um, denn Suilas Rad war eh nicht da.

Auf dem Rückweg musterte der Hausmeister sie fragend, weil sie mit leeren Händen wieder zurückkamen.

«Meine Schwester muss das Rad wohl woanders stehen gelassen haben», erklärte Loko schulterzuckend.

«Alles klar.» Der Mann beugte sich über ein Gebüsch und zog grummelnd eine zerknüllte Cola-Dose heraus.

«Also dann», sagte Simon. «Schönen Abend noch.»

«Ja, ebenfalls.»

Die Jungs verließen den Schulhof und blieben draußen hinter der Hecke stehen.

«Und jetzt?», fragte Loko.

«Wir drehen eine Runde und warten, bis der Hausmeister abzieht.»

«Okay.»

Gemächlich schlenderten sie Richtung Dorfstraße. Vor dem Gemeindehaus sahen sie das Mofa des Hausmeisters stehen. Sie bogen in eine schmale Gasse ab und setzten sich auf ein Mäuerchen.

«Hier werden wir das Mofa hören», sagte Simon. «Wenn der Hausmeister heimfährt, zischen wir los und legen uns beim Schulhaus auf die Lauer!»

«Offen.» Lächelnd schob Kevin im zweiten Stock des Schulhauses die Tür zum Büro des Schulleiters auf. «Ich hab schon befürchtet, wir müssten die Tür aufbrechen.» Er trat in den finsteren Raum und klatschte unternehmungslustig in die Hände. «So, jetzt müssen wir nur noch das Handy finden! Wo hat er's wohl hingetan?»

«Keine Ahnung.» Kai machte seine Taschenlampe an und leuchtete damit im Zimmer herum. Gegenüber vom großen Pult stand ein runder Tisch für Besprechungen mit Besuchern. In einer Ecke trocknete eine Pflanze vor sich hin. An den Wänden hingen gerahmte Fotos des Schulleiters mit seiner Family im Urlaub.

Kevin trat zum ersten Schrank neben dem Ordner-Regal und wollte ihn öffnen. Doch das ging nicht. «Mann, das Teil ist abgeschlossen!»

«Hier drin ist bestimmt alles verriegelt.» Kai ging um das große Pult herum. Die Tischfläche war mit Ausnahme von ein paar Bürosachen praktisch leer. «Die Schlüssel hat er bestimmt hier in der Schublade.» Kai beugte sich vor und versuchte die oberste Lade aufzuziehen. «Tja, die geht leider auch nicht auf.»

«Lass mich mal ran.» Kevin schnappte sich aus dem Behälter auf dem Tisch das flache Lineal, zwängte es in die Spalte der Lade und drückte mit aller Kraft darauf.

Das Lineal brach entzwei.

«Schrott-Teil!» Genervt schnappte Kevin sich den metallenen Brieföffner und versuchte es damit.

Die Verriegelung knirschte bedrohlich.

Dann knackte es.

Holpernd ließ sich das Fach nun herausziehen.

Darin lag ein Schlüsselbund. Und noch etwas anderes.

«Sieh an, sieh an», murmelte Kevin. «Was haben wir denn da Schönes?»

Er griff danach. Es war ein offener Umschlag mit einem dicken Bündel Geldscheine drin. Die Schulreisekasse.

«Gefällt mir», meinte Kevin. «Gefällt mir sogar sehr.»

«Lass das besser drin», warnte Kai. «Wenn wir auch noch Geld klauen, wird daraus eine größere Sache hier.»

«Ach ja?» Kevin begann zu grinsen. «Umso besser! Je größer die Sache, desto besser, verstehst du? Wenn's nämlich nach einem Einbruchdiebstahl aussieht, merkt doch keiner, dass es eigentlich bloß um das Handy ging!»

Lächelnd steckte er den Umschlag ein und seufzte zufrieden. «Ich bin eben auch ein schlaues Bürschchen, siehst du! Aber okay, das war ja eh schon lange klar.»

«Ich bin trotzdem dagegen», meinte Kai. «Das Handy gehört dir, das holst du dir zurück. Aber das Geld gehört uns nicht.»

«Jetzt mach dir mal nicht gleich in die Hose, Alter.» Kevin nahm aus der Lade den Schlüsselbund heraus und machte sich an die Arbeit. «Dann wollen wir mal sehen, wo er das Handy versteckt hat.»

Am vordersten Schrank probierte er ein paar Schlüssel, bis er den richtigen fand. Dann sperrte er rasch auf. Ein Streifblick von oben bis unten zeigte ihm, dass da nur Ordner drin waren.

Während Kevin sich am nächsten Schrank zu schaffen machte, geschah plötzlich etwas.

Vom Flur her drangen Geräusche ins Büro.

«Was ist da los?» Kai huschte zur offenen Tür und spähte vorsichtig in die Diele hinaus.

«Mist», zischte er. «Der Hausmeister!»

Kevin starrte ihn an. «Was?»

«Ja, der macht überall die Fenster zu und sperrt ein Zimmer nach dem anderen ab. Und er kommt immer näher!»

Gute Arbeit, Mann!

13

«Muss der Typ denn ausgerechnet jetzt kommen», murmelte Kevin und öffnete im Büro des Schulleiters hastig den nächsten Schrank. «Das Handy kann nicht mehr weit weg sein, ich bin gleich durch!»

«Komm schon, wir müssen raus!», drängte Kai. «Bevor der Hausmeister da ist!»

«Ja, gleich ...» Kevin trat zum nächsten Schrank. «Ich gehe nicht ohne mein Handy!»

Kai linste noch mal in den Schulhaus-Flur hinaus und wurde bleich. «Er ist schon ganz nah», flüsterte er. «Komm jetzt endlich, Mann!»

Kevin verzog die Lippen. «Auf dem Handy sind Beweise gegen mich drauf, das lass ich bestimmt nicht hier!»

«Mann, du bist ja total durchgeknallt!» Kai huschte in die dunkle Nische hinter dem Besuchertisch und duckte sich darunter.

Draußen im Gang wurde die Tür des Nebenraums zugeschlossen. Dann näherten sich Schritte dem Büro.

Kevin kam rasch zum Tisch und kniete sich neben Kai ins Dunkel.

In diesem Moment trat der Hausmeister ins Zimmer.

Er ging direkt zu den Fenstern, ohne sich nach links oder rechts umzusehen.

Die Jungs wagten kaum noch zu atmen. Wenn der Mann bemerkte, dass beim Schreibtisch die Schublade aufgebrochen war … dann wären sie geliefert!

Der Hausmeister schloss ein Fenster nach dem anderen. Dann wandte er sich um und ging wieder zur Tür.

Doch da blieb er plötzlich stehen.

Den Jungs blieb das Herz stehen.

Hatte er was bemerkt?

Der Mann zog sein Handy aus der Tasche und hob es ans Ohr. «Ja», brummte er hinein. «Mhm. Dauert nicht mehr lange, in einer Viertelstunde bin ich zu Hause … Alles klar, bis gleich.» Er steckte das Handy wieder ein.

Dann ging er zur Tür. Verließ den Raum.

Und sperrte von außen zu.

Die Jungs im Versteck holten Luft.

«Alter», flüsterte Kevin. «Das war knapp!»

«Ja, aber jetzt sind wir eingeschlossen! Wir können nicht mehr raus! Morgen Früh kommt der Schulleiter und findet uns hier in seinem Büro! Stell dir vor, was dann passiert – wir fliegen beide von der Schule! Mann, Mann, Mann!»

«Ach was», versetzte Kevin. «Wir kommen schon irgendwie raus.»

«Und wie, bitteschön?»

«Das werden wir schon sehen.» Kevin stand auf, wischte sich auf dem Weg durch das Zimmer die teure

Hose sauber und begann ruhig, weitere Schränke und Fächer zu öffnen.

Kai war alles andere als ruhig. Verzweifelt dachte er nach – niemals hätte er sich auf die Sache hier einlassen dürfen. Niemals! Das würde noch ein böses Ende nehmen.

Plötzlich seufzte Kevin drüben bei der Schrankwand zufrieden auf. «Na also, da ist das Baby ja!»

Lächelnd nahm er das Handy heraus und küsste es innig. «Du bist meine Rettung, Kleines!»

Sorgfältig steckte er das Gerät ein. «So, jetzt ist der Beweis raus. Jetzt kann mir kein Mensch mehr was beweisen!» Er trommelte sich auf die Brust. «Ich hab's geschafft! Yesss! Ich hab's geschafft!»

«Super», murmelte Kai. «Und wie kommen wir jetzt aus dem Büro des Schulleiters raus?»

Kevin trat zu den Fenstern, machte eines auf und schaute hinaus. Einige Meter unter ihm lag das Dach des Fahrradraums.

«Hmm», murmelte er. «Das könnte klappen.»

Kai stellte sich neben ihn und blickte ebenfalls runter. «Zu hoch, Mann. Da holen wir uns einen Bruch!»

Kevin schüttelte den Kopf. «Wenn wir uns außen am

Fensterbrett runterhängen lassen, bevor wir springen, müsste es gehen.»

«Glaub ich nicht. Außerdem ist der Hausmeister noch in der Nähe. Wir können unmöglich schon jetzt ...»

«Du vielleicht nicht – ich geh jetzt.» Damit schwang sich Kevin über die Fensterbank, baumelte draußen in die Tiefe und ließ sich fallen.

Er landete auf dem Dach und federte in die Knie.

Derweil sah Kai sich im Büro um. Gab es denn wirklich keine andere Fluchtmöglichkeit? An der Tür drückte er vorsichtig die Klinke runter. Abgeschlossen, keine Überraschung. Blieben nur noch die Fenster. Wenn er nicht allein hier drin bleiben wollte, musste er wohl oder übel auch da raus.

Bange stieg er aus dem Fenster und drehte sich ungelenk um. Draußen krallte er sich am Fensterbrett fest. Baumelte in die Tiefe. Schloss die Augen, ließ los und segelte endlos lange durch die Luft.

Mit einem lauten Aufprall landete er auf dem Dach und stürzte der Länge nach hin. Seine Hände taten weh, aber er unterdrückte einen Schrei.

Ein paar Meter darunter ging in diesem Moment der Hausmeister pfeifend über den Pausenhof. Auf einmal blieb er stehen – er hatte ein Geräusch gehört.

Rasch drehte er sich um und musterte das Gebäude.

Vom Dach des Fahrradhäuschens rieselten ein paar Kieselsteine herunter.

Was war denn das?

War da etwa jemand drauf?

Misstrauisch trat er näher.

In der Höhe legte sich Kevin flach neben Kai hin.

Der Hausmeister spähte aus zusammengekniffenen Augen hoch.

«Mann», wisperte Kai. «Ich hab's doch gesagt, wir sollen noch warten!»

«So ein Mist», zischte Kevin. «Mein Tommy-Hilfiger-Shirt ist vollkommen hinüber!»

Auf dem Dach tappte eine Katze heran und begann an Kais Gesicht zu schnuppern. Weil sie mit ihren Schnurrbart-Haaren seine Nase kitzelte, musste er beinahe niesen.

Kai hielt es fast nicht mehr aus. Und dann ... ließ die Katze endlich ab.

Sie stieg über Kais Rücken und tappte nach vorne zum Rand des Dachs.

Dort sah sie hinab. Dann gab sie ein lautes «Miau!» von sich und sprang auf den Schulhof runter.

«Ach so», seufzte der Hausmeister. «*Du* warst das – freche Mieze!»

Der Mann wandte sich ab und eilte davon.

Oben auf dem Dach atmeten die Jungs auf.

Vorsichtig robbte Kevin nach vorne und linste hinunter.

Der Hausmeister verließ gerade den Pausenhof.

Kevin wandte sich um. «Die Luft ist rein!» Er stand auf und sprang vom Dach hinunter.

Kai folgte ihm. Diesmal schaffte er den Sprung in die Tiefe erstaunlicherweise ohne hinzufallen oder sich am Ende noch einen Bruch zu holen.

«Glückwunsch», grinste Kevin. «Zum Glück brauchen wir jetzt keinen Krankenwagen für dich, du Sportskanone!»

Rasch huschten die beiden Jungs los.

Mitten auf dem Schulhof warf Kai die Plastikhandschuhe in den Mülleimer.

«Superhirn!», lächelte Kevin. «Ich hab's schon immer gesagt. Echt ein absolutes Superhirn!»

Simon und Loko waren sofort auf den Beinen, als sie einen Mofa-Motor aufheulen hörten. «Nichts wie los! Wenn das der Hausmeister ist, können wir jetzt endlich das Schulhaus überwachen!»

Sie eilten durch die schmale Gasse nach vorne zum Gemeindehaus. Dort sahen sie den Hausmeister mit rotem Helm und wehendem blauem Kittel davonfahren. Sein knatterndes Mofa zog eine Rauchwolke hinter sich her.

Die Jungs wollten schon zum Schulhaus einbiegen, da bemerkten sie auf der Dorfstraße noch jemanden kommen: Kevin rollte auf seinem Longboard neben Kais Fahrrad her und ließ sich von seinem Kumpel mitziehen.

«Mach schon, ich muss mich beeilen!», rief Kevin. «In zehn Minuten kommen meine Eltern von der Oper heim – die müssen mich schlafend im Bett finden.»

Kai nickte keuchend. «Ich auch, meine sind gleich vom Kino zurück!»

Simon blickte Loko an. «Wenn die beiden jetzt nach Hause müssen …»

«… kommen sie diese Nacht wohl kaum mehr aus dem Haus», beendete Loko den Satz.

«Genau. Also können sie nichts mehr in der Schule klauen», folgerte Simon. «Dann brauchen wir auch nicht die ganze Nacht auf der Lauer zu liegen. Das macht keinen Sinn mehr.»

«Stimmt, die Überwachung können wir uns sparen.»

Simon nickte und fühlte plötzlich eine bleierne Schwere in sich aufsteigen. «Ich bin ganz schön kaputt nach diesem Tag.»

«Das versteh ich.» Loko legte den Arm um seine Schulter. «Leg dich schlafen. Jetzt können wir eh nichts mehr tun.»

«Trotzdem vielen Dank für deine Hilfe.»

«Immer, wenn du mich brauchst, das weißt du doch. Dafür sind Freunde schließlich da.»

«Danke, Loko.» Simon gab ihm einen Klaps auf den Rücken. «Okay, bis morgen.»

Kevin und Kai hielten vor einem schicken Einfamilienhaus an und klatschten sich ab.

«Hey», lächelte Kevin. «Gute Arbeit, Mann!»

Kai musterte ihn. «Und was ist jetzt mit dem Umschlag? Meine Einladung zum Gespräch für die Lehrstelle?»

«Keine Angst, wir lassen schon nichts anbrennen.»

Vorne auf der Straße näherte sich ein Auto.

«Das sind bestimmt meine Eltern!» Kevin rannte zum Gartentor. «Tschüss, Alter!»

«Tschüss.» Kai radelte eilig davon.

Kevin riss das Tor auf.

Um die Ecke leuchteten Scheinwerfer auf. Der Mercedes von Kevins Eltern bog hinter der hohen Hecke in die Einfahrt.

Kevin rannte im Vorgarten über den Steinplattenweg durch den gepflegten Rasen zum Haus.

Plötzlich stolperte er und schlug der Länge nach hin.

Mit feurig brennenden Händen richtete er sich wieder auf und rannte stöhnend weiter zur Haustür.

Hinter der Hecke surrte das automatische Garagentor hoch.

Kevin warf das Longboard neben der Haustür zu Boden und tippte hastig den Code zum Öffnen ein.

Dabei vertippte er sich in der Eile. Ihm blieben noch zwei Versuche.

Er riss sich zusammen und gab ganz langsam die Ziffern ein.

Es klickte, das Schloss entriegelte sich.

In der Garage klappten Autotüren auf.

Kevin hastete ins Haus, rannte in sein Zimmer und streifte vor dem Bett die Schuhe ab.

In diesem Moment wurde die Haustür geöffnet.

Ohne die Kleider auszuziehen, warf sich Kevin aufs Bett. Er zog die Decke bis zum Kinn hoch und schloss die Augen.

Da ging leise seine Zimmertür auf.

Seine Mutter kam herein.

Sie trat näher und seufzte zufrieden darüber, dass Kevin tief und fest schlief …

Schulhausverbot

14

Am nächsten Morgen kam der Schulleiter in sein Büro und stutzte. Das Fenster stand offen – hatte er's am Abend nicht geschlossen?

Misstrauisch trat er ein, ging langsam durch den Raum, um den Schreibtisch herum. Da entdeckte er die aufgebrochene Schublade.

Er zog sie auf und sah hinein.

Ein kurzer Blick genügte.

Das Schulreisegeld war weg.

Ohne zu zögern, griff er zum Telefon und rief die Polizei an.

Er brauchte nicht lange zu warten, bis Polizist Koller eintraf.

Der Streifenbeamte schaute sich im ganzen Büro aufmerksam um. «Fehlt außer dem Geld noch etwas? Wertsachen, Handy ...»

«Ich glaube nicht.» Der Schulleiter tastete in die Innentasche seiner Jacke. «Mein Handy ist da. Ich nehme es immer mit nach Hause.» Er zückte es und hielt es zum Beweis hoch.

Koller nickte. «Und sonst? Sind Sie sicher, dass überhaupt nichts fehlt?»

«Moment … Da fällt mir noch was ein.» Rasch trat er zu einem Schrank und schloss ihn auf. «Seltsam.»

«Was?»

«Das Schülerhandy ist weg, das wir gestern konfisziert haben. Wir wollten es heute von Ihnen knacken lassen. Aber es ist nicht mehr da.»

«Könnte es vielleicht irgendwo anders verstaut sein?»

«Nein. Schülerhandys kommen immer in dieses Fach in diesem Schrank. Immer, ohne Ausnahme.»

Er blickte den Beamten an. «Das war bestimmt der verdächtigte Schüler! Der wollte das Corpus Delicti verschwinden lassen – den Beweis, dass er bei der Prüfung betrogen hat!»

Koller runzelte die Stirn. «Und wie soll dieser Schüler hier reingekommen sein? War die Tür etwa nicht abgeschlossen?»

«Doch, das ist sie immer.» Der Schulleiter zeigte zum Fenster. «Aber das da war offen, als ich vorhin kam. Dabei schließe ich es jeden Abend. Der Dieb ist sicher da eingestiegen!»

Polizist Koller trat ans Fenster und schaute hinunter. «Zu hoch – selbst mit einer Leiter noch sehr schwierig zu erreichen. Und wie hätte er die aufs Dach des Fahrradhäuschens raufkriegen sollen? Für einen allein unmöglich.» Nachdenklich legte er den Finger an die Lippen. «Es müssten zwei gewesen sein …»

Koller betrachtete den Fensterrahmen genauer. «Hier

sind auch keine Schäden zu erkennen … Wäre das Fenster von außen aufgedrückt worden, könnte man das sehen.»

Der Beamte wandte sich zum Schulleiter. «Ich glaube nicht, dass die hier rein sind. Aber raus … Bleibt die Frage: Wie sind die Täter reingelangt?»

«*Die* Täter? Wie kommen Sie darauf, dass es mehrere waren?»

«So ein Gefühl», murmelte Koller. «Hat außer Ihnen sonst noch jemand einen Schlüssel zum Büro?»

«Nein, und ich schließe abends immer sorgfältig zu, sowohl Fenster wie auch Tür. Darauf lege ich großen Wert. Es gibt wertvolle Dinge hier drin und vertrauliche Informationen.»

«Hmm», machte Koller grüblerisch. «Irgendwas stimmt hier nicht …»

Der Polizist machte Fingerabdruck-Schnelltests an der aufgebrochenen Schublade und am Fensterrahmen. Doch es waren an den entscheidenden Stellen keinerlei frische Fingerabdrücke zu finden. Das machte Koller noch stutziger. Die Täter mussten offenbar Handschuhe getragen haben. Dies deutete auf Profis hin.

Der Streifenbeamte trat wieder ans Fenster. Er folgte mit den Augen dem Dach des Fahrradhäuschens, hinunter auf den Pausenplatz, dann weiter bis zu einem Mülleimer …

Er drehte sich zum Schulleiter um. «Bin gleich wieder da.»

Damit verließ er das Büro. Draußen im Schulhaus-Flur wäre er beinahe in Simon hineingelaufen. Der Junge wartete zusammen mit Kevin vor der Tür des Büros.

«Hallo, Herr Koller», grüßte Simon. «Der Schulleiter hat uns zu einem Gespräch vorgeladen.»

«Alles klar. Ich will euch nachher auch noch sprechen. Ihr zwei bleibt anschließend bitte hier.» Der Polizist tippte an seine Dienstmütze und eilte den Flur entlang davon.

Kevin holte sein goldenes iPhone hervor, um seine Nachrichten zu checken.

«Ach», sagte Simon. «Du hast dein Handy wieder?»

«Wieso? Das war gar nie weg.» Kevin drückte auf das grüne WhatsApp-Symbol.

Dabei fiel Simon auf, dass er das mit der linken Hand tat. Er beobachtete den Jungen aufmerksam, und schon bald war klar: Kevin ist Linkshänder.

Da ging Simon ein Licht auf. Dies war der Grund, weshalb Kevins Fingerabdruck nach der Prüfung das Handy nicht entsperrt hatte! Weil er die Finger der *rechten* Hand benutzt hatte.

«Gestern bei der Prüfung», begann Simon. «Das Handy …»

Kevin sah einen Lehrer kommen und sagte laut: «Man darf keine Handys zur Prüfung mitbringen, Simon, weißt du das denn nicht?»

Während der Lehrer zum Büro des Schulleiters ging, grinste Kevin: «Außer dir scheint das allen klar zu sein,

Simon! Zu schade, dass du damit die Prüfung vermasselst hast und jetzt das ganze Schuljahr wiederholen musst!»

Im Büro besprach der Schulleiter mit Simons Lehrer das weitere Vorgehen.

«Ehrlich gesagt», begann der Lehrer, «kann ich mir nicht vorstellen, dass Simon geschummelt hat. Und noch weniger, dass er hier eingebrochen haben soll. Das passt einfach nicht zu ihm.»

«Tja», sagte der Schulleiter. «Es gibt nichts, was es nicht gibt. Man sieht eben nicht in die Menschen hinein. Da kann es manchmal schon die eine oder andere Überraschung geben, nicht? Haben Sie das in Ihrem Leben noch nie erlebt?»

«Doch», gab der Lehrer zu. «Aber Simon war in all den Jahren kein einziges Mal unkorrekt. Er kommt aus einer intakten Familie. Und er hat einen guten Notenschnitt. Bei Kevin kann ich mir aufgrund der Erfahrungen mit ihm schon viel eher vorstellen, dass der gemogelt hat.»

«Halt, halt, halt.» Der Schulleiter hob die Hand. «Kevin stammt auch aus einer intakten Familie. Ich kenne seinen Vater. Bauunternehmer. Seit Jahren im gleichen Musikverein wie ich. Guter Mann.»

Der Lehrer räusperte sich. «Vielleicht handelt es sich bei dem Einbruch ja auch um einen Raub. Das gab's ja in anderen Schulhäusern auch, dass nachts Computer oder andere Wertgegenstände gestohlen wurden.»

«Schon, schon, aber trotzdem», beharrte der Schulleiter. «Die Fakten von der Prüfungsaufsicht sprechen eine eindeutige Sprache. Das Handy lag auf Simons Tisch. Alle seine Resultate stimmten mit denen im Handy überein, Kevins Resultate nicht. Und jetzt, wo das Handy weg ist, gibt's an dem Befund sowieso nichts mehr zu rütteln. Wenn Sie keine gegenteiligen Gründe vorbringen, bleibt mir nichts anderes übrig.» Der Schulleiter zeigte zur Tür. «Lassen Sie bitte die beiden Jungs herein.»

Der Lehrer atmete tief durch. Ihm gefiel die Sache nicht. Aber er konnte nichts dagegen tun.

Ohne Verabschiedung öffnete er die Tür und trat in den Flur. «Ihr könnt jetzt rein.»

Simon und Kevin trotteten in den Raum und stellten sich mit gesenktem Kopf vor den Schreibtisch.

«Also», eröffnete der Schulleiter. «Kevin, du darfst weiterhin den Unterricht besuchen.»

Ernst richtete der Mann den Blick nun auf Simon. «Simon, du wirst vorläufig suspendiert und hast Schulhausverbot. Hol deine Sachen und geh nach Hause.»

Wasserdichtes Alibi

15

Als Simon und Kevin das Büro des Schulleiters verließen, kam gerade Polizist Koller von unten zurück. Diesmal hatte er den Hausmeister bei sich.

«Wartet bitte kurz hier», sagte der Streifenbeamte zu den Jungs. «Bin gleich wieder bei euch.»

Damit verschwand er mit dem Hausmeister im Büro des Schulleiters.

«Also», begann der Polizist drinnen. «Der Hausmeister hat einen Generalschlüssel für alle Türen im Schulhaus, auch zu Ihrem Büro.»

«Stimmt!» Der Schulleiter griff sich an den Kopf. «Das hab ich vollkommen vergessen. Natürlich! Er hat auch einen Schlüssel zu meinem Büro.»

«Und er hat es gestern Abend auch tatsächlich geöffnet», fuhr Koller fort. «Um nach dem brutheißen Tag frische Luft reinzulassen wie in alle anderen Zimmer im Haus auch.»

Der Schulleiter kniff die Augen zusammen. «Dann ist der Täter genau in dieser Zeit reingekommen? Als alle Türen offen waren?»

«*Die* Täter.» Der Polizist fasste in seine Tasche und hielt einen durchsichtigen Beweismaterialbeutel hoch – darin waren zwei Paar Plastikhandschuhe zu sehen. «Die hab ich draußen im Mülleimer gefunden.»

«Alle Achtung!» Der Schulleiter schnalzte anerkennend mit der Zunge. «Reife Leistung!»

«Danke.» Der Beamte trat zur Tür, öffnete sie und bat die beiden Jungs herein.

Simon ließ niedergeschlagen den Kopf hängen. Kevin hatte hingegen größte Mühe, ein Grinsen zu unterdrücken.

Der Polizist richtete das Wort nun an sie. «Ich wüsste gerne, wo ihr gestern Abend zwischen zwanzig und dreiundzwanzig Uhr wart.»

Simon fuhr der Schreck durch alle Glieder. Zu dieser Zeit war er mit Loko zusammen – aber keiner durfte erfahren, dass Loko nach 20 Uhr noch draußen war! Loko könnte zwar bezeugen, wo sie zur Tatzeit waren, und ihm dadurch ein Alibi geben. Das wäre der Beweis, dass Simon am Einbruch unbeteiligt und also unschuldig war. Aber er konnte das jetzt nicht sagen, ohne seinen Freund zu verraten. Das würde er niemals tun. Niemals.

Also schwieg Simon schweren Herzens.

Kevin hatte dagegen keine Probleme, den Mund aufzumachen. «Ich hab mit Kai bei mir zu Hause Computer-Games gespielt», erklärte er mit lieber Stimme und treuherzigem Blick. «Warum?»

«Kann das jemand bezeugen?», fragte Koller.

«Ja, natürlich», lächelte Kevin. «Kai. Der war ja dabei.»

Der Beamte machte sich Notizen und sah dann Simon an. «Und du?»

«Ich war unterwegs.»

«Allein? Kann keiner bezeugen, wo du zur Tatzeit warst?»

«Doch, ich», sagte in diesem Moment völlig überraschend der Hausmeister.

Alle Blicke richteten sich auf den Mann im blauen Arbeitskittel.

«Und zwar?», fragte Koller nach.

Der Hausmeister räusperte sich. «Ich habe Simon kurz nach zweiundzwanzig Uhr gesehen.»

«Wo?»

«Vor dem Schulhaus. Zusammen mit Loko.»

«Aha, das ist ja interessant!», rief der Schulleiter. «Zur Tatzeit beim Schulhaus, zu zweit. Na also, geht doch!» Er schlug mit der flachen Hand auf seine Schreibunterlage. «Ich hab's ja gleich gesagt. Das ist eine Frage des gesunden Menschenverstands. Simon war's, und sein Freund hat ihm bei dem Einbruch geholfen.»

Zufrieden blickte er zu Koller. «Da haben Sie Ihre zwei Täter.»

«Hmm ...» Jetzt runzelte auch der Polizist die Stirn. Die Sache sah nun wirklich gar nicht mehr gut aus für den jungen Kaminski.

Simon war total geschockt. Jetzt war es gelaufen, dachte er. Jetzt stand zu allem hinzu auch noch Loko unter Verdacht, und alles war noch viel schlimmer, als wenn er gleich von Anfang an gesagt hätte, dass er mit seinem Freund unterwegs gewesen war.

Nein, nein, nein! In dieser Sache wurde aber auch wirklich alles immer nur noch schlimmer und schlimmer …

Etwas später kam Polizist Koller auf den Kaminski-Hof, um noch einmal mit Simon zu sprechen. Überrascht ließ Simon den Streifenbeamten ein und setzte sich mit ihm in die Küche.

«Eine Frage noch», begann der Polizist. «Du und Loko, was habt ihr nach zweiundzwanzig Uhr noch gemacht?»

«Wir sind nach Hause gegangen, als der Hausmeister mit dem Mofa davonfuhr», antwortete Simon. «Da haben wir auf der Dorfstraße noch Kevin und Kai gesehen.»

Der Beamte runzelte die Stirn. «Auf der Straße?»

«Ja. Kai mit dem Rad und Kevin mit dem Longboard.»

«Das widerspricht aber Kevins Aussage, den ganzen Abend zu Hause am Computer gespielt zu haben.»

«Die beiden waren gerade auf dem Heimweg», beharrte Simon. «Sie sagten, sie müssten so schnell wie möglich nach Hause, weil ihre Eltern gleich heimkämen und sie dann im Bett liegen müssten.»

«Hmm …» Koller rieb sich nachdenklich das Kinn. «Es könnte natürlich ein Doppel-Alibi sein, das Kevin und Kai sich da gegenseitig geben. Da steht einer für den anderen ein, und so decken sie sich gegenseitig. Das wäre theoretisch denkbar.» Er stand auf. «Ich gehe der Sache nach.»

«Eine Bitte noch», sagte Simon. «Wäre es vielleicht möglich, dass Lokos Eltern nicht erfahren, dass Loko nach zwanzig Uhr noch draußen war?»

«Mal sehen.» Koller wandte sich zum Gehen. An der Küchentür blieb er stehen. «Von mir brauchen sie's nicht zu erfahren. Es ist für diesen spezifischen Fall nicht nötig.»

«Danke. Das wäre sehr wichtig.»

«Gut. Also, dann ...»

In diesem Moment trat die Haushaltshilfe der Familie ein. «Ah, hoher Besuch», schmunzelte Silvia. «Der Herr Kommissar!» Grinsend zog sie aus einer Schachtel ein Paar Plastikhandschuhe heraus.

Koller stutzte.

Silvia streifte die Handschuhe über und begann, den Herd zu reinigen.

Der Polizist zog sein Notizbuch heraus. Er hielt darin fest, dass es im Kaminski-Haushalt die gleichen Plastikhandschuhe gab, wie sie auch beim Einbruch verwendet worden waren ...

«Also dann.» Nachdenklich tippte sich der Streifenbeamte an den Hutrand und verließ das Haus.

Debora war auf dem Heimweg von der Schule tief in ihre Gedanken versunken. Plötzlich sah sie Kollers Streifenwagen zu der Seitenstraße einbiegen, an der Kevins Haus lag.

Was das wohl zu bedeuten hatte? Vielleicht, sagte sie sich, wäre es ganz nützlich, wenn sie mal hinterherginge und herauszufinden versuchte, was der Polizist dort wollte ...

Kurzentschlossen eilte Debora in die Seitenstraße hinein. In der Nähe von Kevins schicker Villa blieb sie stehen. Der Streifenwagen parkte tatsächlich davor.

Leise huschte Debora zum Haus. Aus einem offenstehenden Fenster im Erdgeschoss drangen Stimmen.

«Wir brauchen nicht lange», sagte Polizist Koller gerade. «Ich möchte bloß wissen, wo Ihr Sohn gestern Abend war.»

«Hier», antwortete Kevins Mutter. «Er hat mit Kai am Computer gespielt ... Ja, ich weiß, Herr Koller, die Kinder sollten nicht zu oft gamen. Aber man wird ja wohl mal eine Ausnahme machen dürfen!»

«Waren die Jungs wirklich den ganzen Abend über hier?», hakte der Beamte nach. «Sind die beiden nie zwischendurch mal weggegangen?»

«Nein, sind sie nicht», stellte die Frau klar. «War's das jetzt?»

Polizist Koller blieb ruhig. «Ich nehme an, Sie oder Ihr Mann waren hier und können das lückenlos bestätigen?»

«Nein, wir ähm ...» Die Frau stockte. «Wir waren in der Oper. Aber als wir wegfuhren, hat Kevin mir versichert, er verbringe den ganzen Abend zu Hause. Und als wir heim-

POLIZEI
POLIZEI
POLIZEI

kamen, lag er auch wirklich in seinem Bett. Ich hab's selbst überprüft. Kevin schlief tief und fest, das kann ich persönlich bezeugen.»

Debora huschte durch den Garten und dann zurück nach vorne zur Dorfstraße. Dort rief sie auf dem Handy Simon an. Als er ranging, kam sie gleich zur Sache.

«Hey, es sieht leider übel aus», eröffnete sie. «Kevin und Kai sind fein raus, die Mutter gibt ihnen ein Alibi für den ganzen Abend.»

«Das überrascht mich nicht», meinte Simon niedergeschlagen. «Es ist gelaufen. Ich muss das Schuljahr wiederholen, wir können nichts mehr tun.»

«Doch, eine Möglichkeit bleibt noch, deine Unschuld zu beweisen.»

«Und die wäre?», murmelte Simon hoffnungslos.

«Okay, pass auf», begann Debora. «Wenn wir richtig liegen und es Doro war, die Kevin die Lösungen aufs Handy geschickt hat, könnte Doro die Wahrheit sagen. Dann wärst du raus.»

«Doro …» Simon seufzte. «Na super. Die wird das niemals tun. In ihrer Blindheit würde die doch niemals gegen ihren geliebten Kevin aussagen.»

«Es sei denn, er wäre nicht mehr ihr geliebter Kevin», wandte Debora ein. «Wenn ihr klar wird, dass Kevin sie nur benutzt hat, tut sie es vielleicht doch.»

«Und wie sollte ihr das klar werden?»

«Indem Kai endlich auspackt, wer ihm damals Lauras Fotos geschickt hat. Doro hat doch gesagt, wenn's Kevin war, würde sie einsehen, dass er ein falsches Spiel mit ihr treibt.»

«Stimmt. Aber Kai rückt ja nicht mit der Sprache raus.»

«Jetzt vielleicht schon», meinte Debora. «Kai ist doch in Doro verguckt. Da sie untergetaucht ist, könnte sie vielleicht in Gefahr sein. Und das wäre für Kai wohl ein Grund, seine Meinung zu ändern. Wenn wir ihm sagen, was mit Doro los ist, möchte er ihr bestimmt helfen. Und damit würde er auch uns helfen.»

«Das hat was ...» Simons Stimme klang schon wieder ein bisschen hoffnungsvoller. «Einen Versuch ist es auf jeden Fall wert», sagte er entschlossen. «Ich geh jetzt gleich zu Kai. Mal sehen, was dabei rauskommt!»

Achtung, Aufnahme!

16

Als Kai von der Schule nach Hause kam, wartete Simon schon vor seinem Haus.

«Was?», fragte Kai abweisend.

«Ich muss mit dir sprechen.»

Kai verzog den Mund. «Ich hab aber keine Zeit.»

«Es dauert nicht lange. Wollen wir gleich hier reden?»

Prüfend sah Kai sich um. «Besser nicht. Komm rein.»

Zusammen traten sie ins Haus und gingen in Kais Zimmer. Der Junge schob ein paar Sachen vom Bett, und beide setzten sich hin.

«Also, was ist los?»

«Es geht um Doro», eröffnete Simon. «Weißt du, dass sie spurlos verschwunden ist?»

«Was?» Kai sah ihn erschrocken an. «Nein. Seit wann?»

«Mindestens einen Tag und eine Nacht. Sie ist wegen diesen Fotos auf WhatsApp untergetaucht, weil sie sich so schämt, dass alle die gesehen haben. Sie hat Debora gesagt, sie gehe nie mehr zur Schule. Und sie hat ihre Eltern belogen, da sie offenbar keinen Ausweg mehr sah.»

«Oh, Mann», murmelte Kai. «Wenn sie sich bloß nichts antut!»

«Das hoffe ich auch.» Simon blickte ihm in die Augen. «Wenn sie wüsste, dass Kevin bei der Laura-Sache dabei war, käme sie vielleicht wieder zur Besinnung. Aber das kann ihr nur einer sagen ...»

«Du meinst mich.» Kai stand auf. «Aber ich kann nicht.» Nervös tigerte der Junge im Kreis herum. «Es geht nicht!», stieß er plötzlich hervor. «Ich möchte Doro wirklich helfen, aber ich darf nicht verraten, dass die Fotos von Kevin kamen. Ich kann nicht!»

«Warum denn nicht?»

«Es geht um meine Zukunft, versteh das doch!»

Simon runzelte die Stirn. «Wie meinst du das?»

«Wie ich das meine?» Kai wandte sich zu seinem Schreibtisch hin und klappte den Laptop auf. Mit dem Rücken zu Simon murmelte er leise: «Kevin hat mich in der Hand. Sein Vater vergibt eine freie Lehrstelle, und ich könnte mich dort vorstellen. Aber wenn ich nicht tue, was Kevin sagt, kann ich's vergessen.»

«Kevin erpresst dich», stellte Simon fest. «Das ist ja wohl das Allerletzte.»

Kai drehte sich wieder zu Simon um. «Siehst du, ich kann's dir nicht sagen, selbst wenn ich wollte. Verstehst du jetzt?»

«Mhm ...» Simon verstand, aber ihm kam ein Gedanke. «Du musst es mir ja nicht sagen, Kai.» Er deutete auf den Laptop, auf dem das Mailprogramm lief. «Sind die Laura-Fotos da noch drin?»

Kai sah ihn unentschlossen an. «Ja. Warum?»

«Du musst bestimmt mal aufs Klo», meinte Simon. «Ich werde vor Kevin bezeugen, dass du mir nichts *gesagt* hast.»

«Aber … ach so.» Jetzt verstand auch Kai. Ernst blickte er Simon in die Augen. «Kann ich dir vertrauen, dass du zu deinem Wort stehst? Sonst ist meine Lehrstelle futsch!»

Simon nickte. «Du kannst dich auf mich verlassen.»

«Okay. Ich vertraue dir …» Kai gab sich einen Ruck und verschwand aus dem Zimmer.

Sofort setzte sich Simon an den Laptop. Im Mailprogramm scrollte er zu den fraglichen Daten. Aufmerksam sah er sich die Nachrichten mit Anhang an.

Er fand eine Mail von Kevin und klickte auf deren Anhang. Was sich öffnete, war ein Foto. Von einem Mädchen.

Von Laura.

«Na also», murmelte Simon und überprüfte noch eine zweite Mail. Auch hier war ein Foto von Laura angehängt.

Das reichte. Die Bilder waren also tatsächlich von Kevin gekommen. Nicht wirklich eine Überraschung.

Simon nahm sein Handy und machte ein Foto der entscheidenden Mails von Kevin als Beweis für Doro. Damit sie es auch wirklich glaubte.

Dann atmete Simon auf.

Jetzt hatte er endlich etwas in der Hand.

Endlich.

Vielleicht wendete sich das Blatt nun allmählich zum Guten.

Vielleicht war doch noch etwas zu retten …

Als Kai ins Zimmer zurückkam, saß Simon bereits wieder auf dem Bett.

«Und jetzt?», fragte Kai.

«Jetzt gilt es, Doro zu finden. Hast du vielleicht eine Ahnung, wo sie sein könnte?»

«Hmm.» Kai überlegte. «Wenn sie eine Nacht weg war, musste sie irgendwo schlafen. Und draußen ist es ja nachts trotz der Hitze am Tag doch ziemlich kühl …»

«Stimmt. Also musste sie irgendwo drinnen übernachten, auch um nicht gesehen zu werden. Wo könnte das denn sein?»

Kai blickte Simon an. «Ich war mal auf eine Party von ihr eingeladen. Also, eigentlich war Kevin eingeladen, und ich durfte als seine Begleitung mit.»

«Und wo war das?»

«Im Gartenhaus von Doros Tante.»

«Das könnte eine Spur sein», meinte Simon. «Dieses Gartenhaus – wo ist das? In unserem Dorf?»

Kai nickte. «Bei den Schrebergärten. Da gibt's viele Häuschen. Aber ich glaube, ich würde das Richtige vielleicht wieder finden.»

«Okay.» Simon stand auf. «Zumindest können wir ja mal dort nachschauen. Wenn Doro nicht da ist, werden wir uns was Neues einfallen lassen müssen.»

«Jetzt gleich?» Kai sah ihn abwartend an. «Willst du ...»

«Ja, klar. Auf geht's.»

Auf dem Weg aus dem Haus holte Simon sein Handy hervor und rief Debora an, damit sie auch zu der Gartensiedlung käme. Wenn Doro wirklich dort war, dann wäre Debora bei dem Zusammentreffen besser mit dabei.

Falls Doro wirklich dort war.

Simon und Kai trafen sich mit Debora vor dem Eingang der Schrebergarten-Siedlung. Raffi und ihre Freundin Nina waren ebenfalls mitgekommen, und sie hatten auch Zwockel dabei.

Am Eingang der eingezäunten Siedlung stand ein Schild mit der Aufschrift *Zutritt nur für Befugte. Hunde an der Leine führen.*

Raffi umfasste Zwockels Leine noch etwas fester.

Simon trat zum großen Tor und versuchte es zu öffnen.

Es war nicht abgeschlossen.

Langsam schob er es auf. Dabei quietschte es leise.

Alle traten mit mulmigen Gefühlen auf das Gelände.

«Welche Richtung?» Simon sah Kai fragend an. «Wo lang müssen wir?»

«Ich bin mir nicht mehr sicher», murmelte Kai. «Als ich letztes Mal hier war, war's dunkel, und ich hab nicht auf den Weg geachtet. Bin einfach mit Kevin und den anderen mitgegangen. Aber versuchen wir's mal hier lang.»

Der Junge bog in einen Seitenweg ein.

Die Kids folgten ihm gespannt.

Sie kamen an verschieden großen Häuschen und unterschiedlich gepflegten Gartenstücken vorbei – einige waren schmucklos, andere kunstvoll verziert. Da wuchs Gemüse in Reih und Glied, und überall gab es bunte Blumen. Die Luft roch nach frisch gemähtem Gras.

Als die Kids zu einem Brunnen kamen, stieg Zwockel hoch und begann Wasser zu schlabbern.

Dann gingen sie angespannt weiter.

Hinter einer hohen Hecke waren Stimmen und Radiomusik zu hören. Windräder drehten sich im leichten Wind, und am Fahnenmast flatterte eine Landesflagge.

Hier mischte sich der Duft von Grillwürsten mit dem Geruch von Holzkohle-Rauch.

Ein Stück weiter wies ein Plakat auf das große Schrebergarten-Fest in ein paar Wochen hin, wo als Höhepunkt der «Gärtner des Jahres» gewählt würde.

Plötzlich blieb Kai stehen. «Ich glaube, das da ist es.» Er zeigte auf ein Häuschen mit der Aufschrift WELCOME an der Tür.

Die Kids huschten hin und spähten vorsichtig durch die Fenster hinein.

Drinnen war niemand zu sehen. Doch es sah so aus, als wäre vor kurzem noch jemand da gewesen.

«Doro ist nicht hier», flüsterte Nina enttäuscht.

Debora nickte. «Aber da liegen Zeichnungen und Texte

herum. Die sind vielleicht von Doro. Vielleicht steht da drin, wo sie hingegangen ist.»

«Das könnte sein», fand Simon. «Wenn wir das rausfinden wollen, müssen wir rein ...»

«Stimmt. Wir haben keine andere Wahl, die Sache ist einfach zu wichtig.» Debora sah Raffi an. «Am besten passt du hier draußen auf, und wenn wer kommt, warnst du uns.»

«Ich?» Raffi schob die Unterlippe vor. «Warum immer ich?»

«Ich helfe dir! Das wird klasse.» Nina war schon ganz aufgeregt. «Zwockel behalten wir bei uns. Zur Sicherheit!»

«Na, dann eben!» Raffi fuhr die Unterlippe wieder ein und zeigte auf Ninas umgehängte Sofortbildkamera. «Wenn jemand kommt, tun wir so, als würden wir hier ein Foto machen, und rufen laut *Achtung Aufnahme!*, damit ihr drinnen gewarnt seid.»

«Alles klar», sagte Simon. «Gute Idee.»

«Okay, also dann los.» Kai drückte die Klinke hinunter.

Die Tür ging auf.

Verwundert blickten sich die Kids an.

«Schließen die hier ihre Häuschen nicht ab?»

«Umso besser.» Rasch huschten die drei hinein, während Raffi und Nina mit Zwockel draußen Stellung bezogen.

Im Haus begannen die Kids aufmerksam herumzustöbern.

Überall lagen zerknüllte Taschentücher. Auf dem Tisch standen abgebrannte Kerzen.

Plötzlich bewegte sich auf der Seite etwas. Die Kids zuckten zusammen und schnellten herum.

An der Wand schoss aus einer Uhr ein hölzerner Vogel heraus und krächzte laut: «Kuckuck! Kuckuck! Kuckuck!»

«Mann!» Debora atmete tief durch. «Der hätte mich fast zu Tode erschreckt!»

Die Jungs wischten sich den Schweiß von der Stirn.

Dann suchten alle angespannt weiter.

Debora beugte sich über einige Textblätter und überflog deren Inhalt. Doro hatte offenbar eine Art Tagebuch geführt. Die Einträge waren voller Liebeskummer und Verzweiflung.

«Seht mal», sagte Simon nebenan und hielt ein Blatt in die Höhe.

«Was steht da drauf?», wollte Kai wissen.

Simon las vor, was Doro geschrieben hatte: «Ich gebe Kevin noch mal eine Chance und helfe ihm bei der Prüfung. Aber das ist das letzte Mal! Vielleicht klappt es ja dann doch noch mit uns …»

«Dieses Blatt müssen wir unbedingt mitnehmen», sagte Debora. «Falls wir Doro nicht finden, reicht das vielleicht auch als Beweis.»

«Wohl kaum», zweifelte Simon. «Leider steht da nur, dass sie Kevin bei der Prüfung hilft. Und nicht, dass sie ihm die Lösungen schickt oder so was in der Art. Doch es ist besser als nichts.»

Kai sah ihn ernst an. «Aber wir müssen Doro trotzdem finden. Nicht auszudenken, wenn ihr was zustößt!»

«Stimmt», pflichtete Debora bei. «Lasst uns weitersuchen. Vielleicht entdecken wir hier ja noch eine Spur, die uns zu ihr führt.»

Gefährlicher Wachposten

17

Raffi und Nina behielten vor Doros Häuschen aufmerksam die Gegend im Auge. Irgendwo in der Schrebergarten-Siedlung waren Gespräche und Musik zu hören. Aber den Weg entlang kam niemand. Jedenfalls bis jetzt noch nicht …

Um eine mögliche Gefahr früher erkennen zu können, gingen die Mädchen ein Stück nach vorne zur Biegung.

Doch auf einmal blieben sie wie angewurzelt stehen. Hinter einer hohen Hecke war ein unheimliches Grollen zu hören. Ein tiefes, gefährliches Knurren.

Erschrocken starrten die Mädchen auf die Stelle im Buschwerk. Zwockel wirkte wie gelähmt.

Da plötzlich geschah es.

Die Heckensträucher trennten sich knirschend. Durch die Lücke kam ein großes Wesen herausgeschossen. Ein riesiger schwarzer Hund.

Zwockel riss sich los und stürzte davon.

Der schwarze Wachhund jagte ihm laut bellend nach.

An der Verzweigung bogen die beiden ab und verschwanden in einem Seitenweg.

Die Mädchen rannten schnell hinterher. «Wenn der bloß Zwockel nichts tut!», rief Raffi panisch.

Hinter der Biegung sahen sie, wie Zwockel ein ganzes Stück vor ihnen den Weg entlangraste, eine Abkürzung durch einen Vorgarten nahm und dabei mehrere Blumentöpfe über den Haufen warf.

Trotzdem kam ihm der Wachhund immer näher. Die Schnauze des Verfolgers schnappte knapp hinter Zwockels Schwanzspitze zu.

Da schlug Zwockel einen Haken und stürmte quer durch ein Kartoffelbeet davon.

Der schwarze Hund geiferte hinterher und zertrampelte die ganze Erde.

Zwockel sprang über eine Gartenbank. Vor einem Gitterzaun blieb er stehen. Hier konnte er nicht mehr weiter. Das hohe Gitter war die Einzäunung der Siedlung.

Der Collie sah aus großen Augen den Wachhund auf sich zukommen. Der bremste kurz vor Zwockel ab und lief dann bedrohlich knurrend auf ihn zu. Immer näher ...

Da trafen die Mädchen ein. «Hilfe!», schrie Raffi. «Der böse Hund will Zwockel fressen! Hilfe!»

Wütend setzte der Wachhund zum Sprung auf den Collie an. Zwockel duckte sich schon.

Da ertönte ein Pfiff.

Der große Hund blieb wie angewachsen stehen.

Eine Frau rief: «Hasso, hierher!»

Die Mädchen wandten sich um. Da stand eine Frau

mit Schlapphut, Gartenhandschuhen und Gummistiefeln.

Sie musterte die Mädchen. «Was habt ihr hier zu suchen? Der Zutritt zur Siedlung ist für Unbefugte streng verboten! Erst neulich ist wieder in einige Häuschen eingebrochen worden.»

«Wir, äh …», murmelte Nina. «Wir …»

Bevor sie weitersprechen konnte, wandte sich die Gärtnerin wieder an ihren Hund. «Hasso, hierher!»

Widerstrebend trabte der große schwarze Hund nun zu ihr. Die Frau nahm ihn an die Leine.

Raffi saß der Schock noch immer im Nacken. Bleich ging sie zu Zwockel hinüber und nahm seine Leine vom Boden auf. «Alles gut», murmelte sie leise. «Es ist alles gut.»

Zwockel sah sie hechelnd an und setzte sich brav auf den Rasen.

Der schwarze Hund knurrte ihn immer noch feindselig an.

«Mir nach!», befahl die Frau. «Kommt mit, ihr beiden!»

Die Mädchen folgten der Gärtnerin um die Ecke.

Die Frau schritt den ganzen Weg zurück, den Zwockel auf seiner Flucht genommen hatte. Dabei kamen sie Doros Häuschen immer näher.

Was, fragte sich Raffi verzweifelt, sollten sie bloß tun? Sie hatte nicht den geringsten Schimmer – ihr wollte und wollte einfach nichts einfallen.

Vor einem Häuschen mit herausgeputztem Garten hielt die Frau schließlich an. Sie hätte bloß noch um die nächste Ecke gehen müssen, um Doros Gartenhaus zu erreichen – und die Kids hinter den Fenstern zu sehen …

«Also, Klartext!» Sie musterte die Mädchen streng. «Was wollt ihr hier? Raus mit der Sprache!»

«Ganz einfach.» Nina war inzwischen beim Aushecken einer Ausrede weiter gekommen als Raffi. «Wir sind hier, um für unsere Schülerzeitung ein Interview mit Ihnen zu machen – der Gärtnerin des Jahres!»

Raffi schaute ihre Freundin baff an.

«Da habt ihr aber die Falsche erwischt», wehrte die Frau ab. «Meine Nachbarin war letztes Jahr Gärtnerin des Jahres. Sie hat schon dreißig Jahre Erfahrung und weiß viel mehr als ich. Sie ist im Moment nicht da. Aber ich bin nicht die Richtige für euer Interview.»

«Oh doch!», rief Raffi vollkommen überzeugt. «Sie sind genau die Richtige, um hier mit uns zu sprechen!»

«Genau», pflichtete Nina bei. «Vielleicht werden Sie ja dieses Jahr die Gärtnerin des Jahres!»

«Hmm, wer weiß.» Die Frau rieb sich den Nacken. «Wie heißt denn eure Zeitung eigentlich?»

«Unsere Schülerzeitung», sagte Raffi, «heißt *Die fliegende Füllfeder.*»

«Und wie viele Leute lesen die?»

Nina hob die Schultern. «Das sind bestimmt Hunderte!»

«Du meine Güte!» Entschieden schüttelte die Frau den Kopf. «Da möchte ich wirklich nicht mitmachen. Ich will nicht berühmt werden.»

«Ach, Sie sind doch zum Star geboren!», warf Nina ein. «Und die ganze Sache dauert auch echt nicht lange. Wir haben nur wenige Fragen.»

Die Frau bückte sich und wischte Erdkrümel von ihrer Hose. Dann richtete sie sich wieder auf. «Na gut. Was für Fragen sind das?»

«Öh», machte Nina. So viel hatte sie sich dann doch nicht überlegt.

Dafür ließ Raffi jetzt auf die Schnelle was vom Stapel. «Frage eins», sagte sie keck. «Was machen Sie, wenn die Mäuse die Möhren fressen?»

«Hier hat es fast keine Mäuse», antwortete die Frau. «Nächste Frage.»

«Öh …», machte Raffi überrascht.

Nina grinste. «Entschuldigen Sie, meine Freundin sagte Läuse, nicht Mäuse!»

«Ach so, ja, gegen Läuse gibt's Mittel. Nächste Frage.»

«Gut, also, Frage Nummer zwei wäre dann …» Raffi sah sich nach einer Idee suchend um. Als ihr Blick auf ein paar Gartenzwerge fiel, sagte sie: «Gut, Frage Nummer zwei: Wie heißen Ihre Gartenzwerge?»

«Meine tragen keine Namen, aber die von der Nachbarin schon.» Die Gärtnerin wies in die Richtung von Doros Häuschen. «Kommt mit, dann zeige ich sie euch.»

«Nein, äh, ist schon gut!»

«Doch, doch.» Die Frau deutete auf Ninas Kamera. «Dann könnt ihr die gleich fotografieren. Ich will nämlich in der Zeitung nicht abgebildet werden. Aber ein Foto von den Gartenzwergen passt doch ausgezeichnet zu eurem Bericht.»

«Danke, wir möchten lieber Ihren Garten zeigen», warf Raffi ein. «Das ist bestimmt der schönste in der ganzen Siedlung!»

«Na, na ...» Die Frau lächelte stolz. «Man tut, was man kann, nicht? Aber wenn ihr unbedingt ein Bild davon bringen wollt, na gut.»

Die Mädchen atmeten auf. Das war ja gerade noch mal gutgegangen! Hätte die Frau jetzt drüben die Kids in Doros Häuschen gesehen – dann gute Nacht, Freunde!

Mit weichen Knien folgten sie der Gärtnerin zu den penibel gepflegten Beeten. «Hier kann ich euch ein paar interessante Sachen zeigen», eröffnete die Frau. «Zum Beispiel den Unterschied zwischen zweiblättrigen und dreiblättrigen Rotblatt-Knöterichen.»

«Woa.» Nina verzog hinter ihrem Rücken den Mund. «Das wollte ich schon immer mal wissen.»

Raffi zwinkerte ihrer Freundin zu und fragte die Gärtnerin: «Haben Sie vielleicht auch *Blaublatt*-Knöteriche?»

«Oder», grinste Nina nun, «vielleicht sogar *Violettblatt*-Knöteriche?»

«Was?» Die Gärtnerin blickte sie erstaunt an. «Gibt's die überhaupt?»

«Na klar», behauptete Nina.

«Hmm», machte die Frau leicht verwirrt. «Da muss ich mal nachschauen.»

Während sie sich wegbückte, sahen die Mädchen vorne jemanden den Weg entlangtrotten.

Ein rothaariges Mädchen. Doro. Sie hatte ein Brot und eine Tüte Milch dabei und ging in Richtung ihres Häuschens.

«Ach so», murmelte Raffi leise zu Nina. «Die war einkaufen ...»

«Oje», flüsterte Nina, während die Gärtnerin sich noch immer über irgendwelche Knöteriche beugte. «Müssen wir jetzt die anderen warnen?»

Raffi schüttelte den Kopf. «Die wollten Doro ja unbedingt finden. Jetzt ist sie da.»

«Gut.» Nina wandte sich der Gärtnerin zu. «So, das war's auch schon. Vielen Dank für das Interview!»

«Was?» Die Frau musterte sie fragend. «Ich dachte, ihr braucht noch ein Foto für euren Bericht?»

«Nein, wissen Sie, bei Ihren vielen hochinteressanten Antworten bleibt gar kein Platz für ein Foto. Also, tschüss dann!»

Die Mädchen winkten und trotteten mit Zwockel davon.

Verwundert schaute die Frau hinter ihnen her. Der schwarze Hund ließ Zwockel nicht aus den Augen, bis er außer Sicht war.

Draußen vor der Siedlung wischten sich die Mädchen den Schweiß von der Stirn.

«Mann, das war knapp!», atmete Raffi auf.

«Kann man wohl sagen», seufzte Nina. «Stell dir vor, die hätte noch mehr Knöteriche gehabt!»

«Bloß nicht!» Raffi lachte, beugte sich zu Zwockel runter und streichelte ihm übers Fell. «So, und jetzt warten wir hier, bis die anderen kommen. Braver Hund, Zwockel, braver Hund.»

Wenn das bloß gutgeht

18

Doro bog zum Gartenhaus ihrer Tante ein und blieb wie angewurzelt stehen – die Tür stand offen. Langsam tappte das Mädchen durch den Vorgarten und spähte vorsichtig ins Haus hinein.

Da entdeckte Doro die Kids.

«He, was macht ihr denn da?»

Alle drehten sich um.

«Doro!», seufzte Kai erleichtert auf. «Gott sei dank bist du in Ordnung!»

«Hallo, spinnt ihr eigentlich?», rief das Mädchen. «Einfach hier reingehen und rumschnüffeln?»

«Doro», begann Debora. «Wir ...»

«Was?» Das rothaarige Mädchen ließ sie nicht ausreden. «Wie habt ihr überhaupt rausgekriegt, dass ich hier bin?»

«Hör bitte zu», begann Debora von neuem. «Wir müssen reden, und zwar über etwas sehr Wichtiges.»

«Pah, ich ...»

«Es geht um Kevin.»

«Kevin?» Sofort war Doro hellhörig. «Ich hab schon

lange nichts mehr von ihm gehört. Ist ihm was passiert?»

«Allerdings ist was passiert», antwortete Simon. «Aber nicht ihm, sondern mir. Seinetwegen muss ich jetzt das Schuljahr wiederholen! Kevin hat mir den Betrug bei der Prüfung in die Schuhe geschoben.»

«Er hat *was?*»

Simon hielt das Blatt hoch mit Doros Bekenntnis, Kevin bei der Prüfung zu helfen. «Du hast …»

«Jetzt mal ganz langsam.» Doro musterte ihn verwirrt. «Die wollen, dass *du* das Schuljahr wiederholst?»

«Genau. Jetzt hast du's erfasst.»

«Aber du hast doch gar nichts mit der Sache zu tun. Ich hab die Lösungen ja Kevin geschickt und nicht dir.»

«Schon richtig», sagte Simon. «Nur leider hat er das Handy auf meine Seite des Pults gelegt, als der Aufseher kam. Und jetzt bin ich geliefert.»

«Was?» Doro schlug sich die Hand vor den Mund. «Das wollte ich nicht!»

«Mag sein, nur nützt mir das jetzt auch nichts.»

Debora seufzte.

«Was hast du dir bloß dabei gedacht, Doro?»

«Er hätte sich doch sonst von mir getrennt!», stieß das Mädchen hervor. «Ich hatte keine Wahl! Was hätte ich denn tun sollen?»

«Zum Beispiel nicht mitmachen», murmelte Debora.

«Du hast ja keine Ahnung!» Doro atmete tief durch und wandte sich dann an Simon. «Aber das wollte ich nicht. Ehrlich! Es tut mir so leid.»

«Ich weiß. Kevin hat es so gedreht.»

«Genau.» Debora sah Doro an. «Er hat dich für seinen Plan benutzt. Weil du ein Mathe-Genie bist.»

«Benutzt? Das glaube ich nicht!» Sie stampfte mit dem Fuß auf. «Niemals. So was würde Kevin nie tun!»

«Ach ja, würde er nicht?» Simon öffnete auf seinem Handy das Foto von Kevins E-Mails mit den Laura-Fotos und hielt es Doro hin. «Das hier hat er wohl auch nicht getan, was? Hier siehst du, wer Kai die Fotos von Laura geschickt hat.»

Doro starrte auf den Bildschirm und wurde blass. «Das … Dieser Mistkerl. Dieser …» Sie wankte und musste sich an der Tischkante festhalten. Ihre Augen füllten sich mit Tränen.

Kraftlos ließ sie sich zu Boden sinken. Sie verbarg den Kopf in ihren Armen und schluchzte haltlos auf.

Alle betrachteten sie voller Mitleid.

Dann kniete sich Kai neben sie. Er strich ihr über den Arm und reichte ihr ein Taschentuch. «Hier, Doro.»

Sie schaute auf. Dankbar nahm sie das Tempo. «Wie konnte ich nur so dumm sein? Ich hab dem Typ vertraut, ich dumme Gans!»

Kai strich ihr wieder über den Arm. «Mich hat er auch ausgenutzt, Doro. Wegen der Lehrstelle hatte er mich in der Hand. Nur deshalb habe ich ihm geholfen.»

«Okay, Leute.» Debora kauerte sich vor Doro hin. «Du musst uns jetzt helfen.»

«Ich?» Doro blickte sie aus tränenverschleierten Augen an. «Wie sollte ich euch denn helfen?»

«Indem du bezeugst, dass Simon unschuldig ist. Dass du die Prüfungsergebnisse nicht ihm geschickt hast, sondern Kevin. Dann muss Simon das Schuljahr nicht wiederholen.»

Ein schmerzliches Lächeln huschte über Doros Gesicht. «Das tue ich. Dieser miese Kerl soll damit nicht durchkommen! Auch wenn ich dadurch selbst in Schwierigkeiten geraten werde ...»

«Er hat dich doch gezwungen, ihm bei dem Betrug zu helfen», verteidigte Kai sie. «Du warst unter Druck – nur deswegen hast du's getan.»

Doro schaute Kai lange an. Irgendwie nahm sie ihn zum ersten Mal richtig wahr.

Nach einer Weile holte sie ihr Handy hervor. «Hier ist alles drin, schwarz auf weiß. Alles, was Kevin mir geschrieben hat und wie er von mir verlangt hat, ihm die Lösungen zu schicken. Und wie ich's dann auch getan hab.»

«Gut», sagte Debora. «Das ist der Beweis.»

Simon nickte. «Stimmt, es beweist, dass Kevin bei der Prüfung betrogen hat. Aber es beweist noch nicht meine Unschuld beim Einbruch ins Schulhaus. Da sprechen ja die Aussage des Hausmeisters und Kevins falsches Alibi gegen mich. Wir bräuchten schon absolut unumstößliche Beweise.»

«Richtig.» Debora stand auf. «Und wie könnten wir denn beweisen, dass du das Handy nicht geklaut hast?»

Kai blickte hoch. «Ich war bei dem Einbruch dabei. Kevin hat mich dazu erpresst.»

«Alles klar», murmelte Simon. «Das hab ich mir schon

gedacht. Aber allein deine Aussage wird als Beweis auch nicht genügen. Man wird glauben, du hättest dich gegen Kevin verschworen und mit uns gemeinsame Sache gemacht.»

Debora nickte ernst. «Uns bleibt nur eins: Wir brauchen ein Geständnis von Kevin. Das wäre der einzige Beweis, der wirklich zählt. Eine Aussage, wo er alles klipp und klar zugibt.»

Doro zog die Augenbrauen hoch. «Ein Geständnis von Kevin? Da kennt ihr ihn aber schlecht. Der wird ganz bestimmt nie ein Geständnis abliefern.»

«Jedenfalls nicht freiwillig», bestätigte Kai. «Aber ich hätte vielleicht eine Idee.»

«Okay ...» Alle sahen den Jungen gespannt an.

«Wir könnten Kevin in eine Falle locken», erklärte Kai. «Ihn irgendwie dazu bringen, den Schulhaus-Raub zu gestehen, und das Ganze mit dem Handy filmen. Dann haben wir einen knallharten Beweis – Kevins Geständnis auf Video.»

«Gute Idee», fand Doro. «Aber wo könnten wir ihm denn diese Falle stellen?»

«Beim Fahrradraum neben dem Schulhaus», schlug Simon vor. «Wenn Kai mit Kevin draußen möglichst nah rankommt, können wir durch die Löcher in der Aluwand rausfilmen.»

«Super!», sagte Debora. «Drinnen ist es ziemlich dunkel, da kann er uns im Finstern nicht sehen. Aber wir können alles mithören und filmen.»

«Gut, machen wir es so», entschied Simon. «Und wie locken wir Kevin dorthin?»

«Lass mich das machen.» Kai holte sein Handy hervor und rief Kevin gleich auf der Stelle an.

Nach wenigen Sekunden drang Kevins Stimme aus dem Lautsprecher. «Kai, es ist grad schlecht im Moment.» Im Hintergrund war ein Mädchen zu hören: «Kävinnn, mach hin, ich will weiter …»

«Komm zum Schulhaus», ging Kai dazwischen. «Es ist wichtig.»

«Ich hab Schöneres zu tun. So wichtig kann dein Ding gar nicht sein!»

«Doch», entgegnete Kai. «Wir fliegen wegen dem Einbruch auf, wenn wir nicht schnell was unternehmen!»

«Was?» Kevins Stimme war schlagartig ernst. «Was ist denn passiert?»

«Nicht am Telefon», antwortete Kai geheimnisvoll. «In einer halben Stunde beim Schulhaus.» Damit drückte er die rote Taste und steckte das Handy ein.

«Woa.» Doro sah ihn beeindruckt an. «Das hast du ja super hingekriegt! Aber die Sache wird ganz schön heiß. Wenn das bloß gutgeht!»

Kai stand auf und streckte Doro die Hand hin. «Komm! Zusammen schaffen wir das.»

Doro lächelte und ließ sich von ihm hochziehen.

«Toll gemacht, Kai», lobte nun auch Debora.

«Danke. Jetzt bleibt nur noch die Frage, wie ich Kevin dazu bringe, alles zu gestehen.»

Simon schmunzelte. «Ich glaube, da habe ich eine Idee …»

Die Falle

19

Beim Schulhaus versteckten sich die Kids im Fahrradhäuschen. Alle spähten durch die Löcher in der Aluwand hinaus. Simon hielt sein Handy filmbereit in der Hand. Raffi und Nina berieten noch leise, wer von ihnen mit der Sofortbildkamera das letzte verbliebene Bild knipsen durfte. Und Debora redete Zwockel gut zu, dass er unbedingt ganz leise sein solle.

«Da kommen sie», murmelte Simon.

Augenblicklich beschleunigte sich bei allen der Herzschlag.

Da-dang! Da-dang! Da-dang!

Draußen schlenderte Kai mit Kevin über den Pausenhof heran und blieb erst knapp vor dem Fahrradhäuschen stehen.

«Also?» Kevin sah Kai auffordernd an. «Was ist los? Jetzt rück schon endlich raus damit, Alter.»

«Wir haben ein Problem», antwortete Kai ernst. «Im Schulhausflur hängt eine Kamera. Wir sind gefilmt worden, wie wir beim Schulleiter eingebrochen sind!»

«Was?» Kevin starrte ihn an. «Eine Kamera? Davon hör ich jetzt aber zum ersten Mal.»

«Ja, ich hab's auch erst heute erfahren.»

Kevin kniff die Augen zusammen. «Aber das kann ja gar nicht sein. Sonst hätte der Schulleiter doch nicht Simon verdächtigt, eingebrochen zu haben. Dann hätte er ja gewusst, dass wir zwei es waren.»

Im Häuschen warf Debora Simon einen Seitenblick zu. Super, dachte sie, jetzt haben wir Kevins Geständnis auf Video! Soeben hat er zugegeben, dass er den Einbruch verübt hat. Gute Arbeit, Kai!

Doch zu Deboras Überraschung filmte Simon unbeirrt weiter.

Und auch Kai sprach draußen weiter. «Jetzt kommt alles raus, Kevin! Auch dass du Doro dazu gebracht hast, dir die Prüfungslösungen zu schicken! Sie hat das gar nicht von sich aus gemacht, sondern nur, weil du sie dazu gezwungen hast. Genau wie du mich mit der Lehrstelle deines Vaters dazu erpresst hast, dir bei dem Einbruch ins Büro des Schulleiters zu helfen.»

Nun wurde Debora alles klar. Kai wollte in dem Film auch gleich den Beweis festhalten, dass Doro von Kevin unter Druck gesetzt worden war – so würde ihre Mitschuld am Prüfungsbetrug kleiner, und sie bekäme deswegen weniger Schwierigkeiten.

Alle Achtung, Kai setzte sich hier ganz schön für Doro ein. Für Kevin hingegen sah die Lage je länger, je schlechter aus …

Doch schon wieder erlebte Debora eine Überraschung. Denn Kevin schien von Kais Rede überhaupt nicht beeindruckt zu sein.

«Wen soll ich zu was gezwungen haben?», grinste er abschätzig. «Doro? Wer ist Doro?» Übertrieben kratzte er sich am Kopf. «Ach ja, die! Diese doofe Tussi mit den bescheuerten Selfies! Unser Mathe-Genie!» Er lachte verächtlich.

Kai ließ sich dadurch nicht beirren. «Du hast Doro ja selbst zu den Selfies überredet. Genau wie Laura. Und mich nachher dazu gebracht, Lauras Bilder auf WhatsApp weiterzuschicken.»

«Laura?» Kevin lächelte Kai an. «Okay, die war wenigstens hübsch. Aber Doro ... Bei der waren die Selfies eher ein notwendiges Übel. Damit sie die Prüfungslösungen dann auch wirklich rüberschiebt. Mit den Bildern hätte ich sie notfalls erpressen können – das war bei ihrer Verliebtheit allerdings gar nicht nötig. Aber ihre Fotos ...» Er beugte sich vor und tat so, als müsste er sich übergeben.

Im Fahrradhäuschen blickte Debora rasch zu Doro, um zu sehen, wie sie die Worte aufnahm. Doch es war schon zu spät.

Das rothaarige Mädchen stürmte bereits nach draußen. Vor dem Häuschen stapfte Doro auf Kevin zu, hob die Hand und klatschte ihm eine schallende Ohrfeige ins Gesicht. Alles ging rasend schnell.

Kevin rieb sich verblüfft die Wange und starrte Doro völlig baff an.

Drinnen stoppte Simon nun die Aufnahme. Er hatte genug Material auf Video – auch die Ohrfeige war drauf. Während er hinausging, suchte er die Stelle im Film.

Kevin klappte der Kiefer runter, als nun auch noch Simon auftauchte. «Was ist hier eigentlich los? Wo kommt ihr denn alle plötzlich her? Was geht hier ab?»

«Das geht ab.» Simon hielt ihm das Handy vor die Augen und ließ das Video laufen.

Im Bild war gerade zu sehen, wie Kevin die Ohrfeige verpasst kriegte.

Doro begann zu lachen. «Kevin fängt eine saftige Klatsche und sieht dabei erst noch saudumm aus!»

«Stimmt», schmunzelte Simon. «Ich bin ja sonst nicht so der schadenfrohe Typ. Aber da muss ich dir jetzt wirklich recht geben, Doro. In beiden Punkten.»

Er drückte auf das grüne WhatsApp-Symbol. «So, und jetzt kriegt die ganze Schulhausgruppe dieses Filmchen. Die Jungs werden schön Augen machen, wenn der harte Kevin von einem Mädchen eine geklatscht kriegt.» Schmunzelnd fügte er hinzu: «Und dabei sogar noch saudumm aus der Wäsche guckt ... Das ganze Schulhaus wird sich krümmen vor Lachen.»

«Tu das nicht!» Gebannt starrte Kevin auf Simons Finger, der über der Senden-Taste schwebte. «Wir können das regeln! Was willst du? Sag's mir! Geld, Klamotten, ein iPhone – ich treib's auf für dich. Ich schwör's!»

Simon schaute ihn ernst an. «Kevin, es gibt Dinge, die kann man nicht kaufen. Zum Beispiel verlorene Ehre. Wie die von Laura. Und vielleicht auch noch von anderen Mädchen, die du als Spielzeug benutzt hast. So was kann

Chats

man nicht wieder gutmachen. Und das sollst du jetzt am eigenen Leib erfahren.»

«Nein!» Kevin sackte auf die Knie nieder. «Bitte, Simon! Bitte nicht!»

Simon sah ihm in die Augen und drückte auf «Senden».

Die Entscheidung

20

Kevin starrte Simon wie gelähmt an. Ganz langsam machte sich Panik in seinem Gesicht breit. Sein Mund öffnete sich, doch es kam kein Ton heraus. Der Junge sank vornüber und begann am ganzen Körper zu zittern.

Die Kids verfolgten gebannt, wie Kevin mit der flachen Hand auf den Boden zu schlagen begann, immer wieder und wieder. Dabei gab er ein unheimliches Geräusch von sich, wie ein verwundetes Tier.

Niemand sagte etwas. Raffi und Nina machten riesige Augen.

Nach einer Weile ergriff Simon wieder das Wort. «Kevin, verstehst du jetzt, wie es ist, wenn etwas in Umlauf gerät, für das du dich schämst? Und alle können es sehen?»

Kevin hörte auf zu stöhnen und auf den Boden zu klatschen. Doch er blieb vornübergebeugt und zitterte weiterhin von oben bis unten.

Simon redete trotzdem weiter. «Verstehst du jetzt, wie es ist, wenn alle mies über dich denken, dich auslachen, tuscheln und mit den Fingern auf dich zeigen? Dich im

Netz verspotten, so dass du nur noch weglaufen willst? Nur um dann zu merken, dass du davor gar nicht flüchten kannst? Dass dieses Bild nie mehr aus der Welt zu schaffen ist?»

Debora stupste Simon an. «Okay», meinte sie leise. «Ich glaub, es reicht.»

Simon nickte. «Kevin, sieh mich an.»

Der Junge schaute hoch. Er war totenblass, seine Lippen wirkten fast blau.

«Hör zu», sagte Simon. «Ich habe das Video nicht an die Schulhausgruppe geschickt.»

«N-nicht …?» Kevin wollte schon aufatmen.

Da sagte Simon: «Ich hab's an Doro geschickt. Sie kann damit machen, was sie will. Wenn sie sich so verhält wie du, dann wird sie es der ganzen Gruppe schicken. Es ist ihre Entscheidung.»

Kevin wandte den Blick zu Doro und sah sie vom Boden herauf flehend an. «Tu's nicht, Doro! Bitte! Ich …»

«Warum nicht?», ging sie dazwischen. «Du hast es verdient.»

«Es tut mir leid, Doro! Wirklich! Ich werde nie mehr ein Mädchen zu Selfies überreden, ehrlich! Bitte glaub mir, Doro!»

Sie schaute ihn eiskalt an. «Weißt du, Kevin, ich bin nicht wie du.» Sie drückte auf Löschen. «So, damit bist du gelöscht. Aus meinem Handy und aus meinem Leben. Und jetzt verschwinde aus meinen Augen.»

Debora warf ihr ein Lächeln zu. Das hatte Doro jetzt aber voll taff gebracht, fand sie.

Kevin stand zittrig auf. Schwankend sah er sie an. Dann wandte er sich ab und schlich mit hängenden Schultern über den Pausenhof davon.

«Hiergeblieben!», ertönte hinter ihnen eine Männerstimme. «Hier geht niemand weg!»

Kevin blieb stehen und blickte zurück.

Alle wandten sich zum Schulhaus um. Dort kam der Schulleiter auf sie zu. Er zeigte hoch zum Fenster seines Büros im zweiten Stock über dem Fahrradhäuschen. «Ich habe alles mitgehört. Jetzt weiß ich, wer in mein Büro eingebrochen ist. Und noch so einiges mehr!»

Simon sah den Schulleiter an. «Das ist gut, dann ist das ja klar. Und was passiert jetzt mit mir?»

«Das ist keine Frage», antwortete der Schulleiter. «Du darfst wieder zum Unterricht, Simon. Und du wirst auch ins nächste Schuljahr wechseln.»

Der Mann streckte Simon die Hand hin. «Es tut mir leid, dass ich dich falsch verdächtigt habe. Aber es sah wirklich alles danach aus, dass …»

Simon schlug ein. «Schon okay.» Auf seinem Gesicht breitete sich langsam ein Strahlen aus. Er konnte seine Rettung noch kaum glauben, so schnell war alles gegangen. Aber jetzt drang die Gewissheit allmählich zu ihm durch. Er hatte es geschafft. Er hatte es wirklich geschafft!

Sein Herz klopfte, und eine sagenhafte Erleichterung durchströmte seinen ganzen Körper.

Raffi und Nina gingen ein paar Schritte beiseite und musterten ihr Sofortbild, das sie vorhin geknipst hatten. Stolz begannen sie zu lächeln. Das Foto hätte nicht besser sein können. Die Ohrfeige war perfekt zu sehen. Und Kevins verdutzter Gesichtsausdruck war einmalig.

Nina kicherte. «Ich bin schön froh, dass diesmal nicht nur die Füße drauf sind!»

«Ein Volltreffer!» Raffi klopfte Nina auf den Rücken. «Du hast das Foto des Jahres geschossen!»

«Danke!» Nun wurde Nina wieder ernst. «Aber was ist eigentlich, wenn Kevin sein Versprechen bricht und doch wieder solche Handybilder von Mädchen verschickt?»

«Dann …» Grinsend blies Raffi über das Sofortbild. «Dann hat er ein echtes Problem. Dieses Foto hier ist im Gegensatz zum Beweisvideo nicht gelöscht. Und das wird es auch nicht. Das Bild behalten wir jetzt mal schön bei uns. Zur Sicherheit.»

«Super.» Nina kniff die Augen zusammen und nickte weise. «Das ist eine gute Idee, Raffi. Genau so machen wir's.»

Der Schulleiter ging zu Kevin hinüber, der noch immer schreckensblass dastand. «Kevin, du musst das Schuljahr wiederholen. Da hast du genügend Zeit, deine Kenntnisse auf einen Stand zu bringen, um die Prüfung auch ohne Betrügereien zu bestehen. Nutz diese Chance. Dann nimmt das Ganze auch für dich ein gutes Ende.»

Kevin nickte schwach. So schwach, dass es kaum wahrzunehmen war.

Dann drehte er sich um und schlurfte niedergeschlagen davon.

Der Schulleiter verabschiedete sich von den Kids und ging ins Haus zurück. «Bis morgen. Schönen Abend noch.»

«Danke, ebenso!»

Simon wandte sich jetzt Kai zu und klopfte ihm auf die Schulter. «Das war hammer, wie du Kevin zu dem Geständnis gebracht hast! Echt klasse!»

«Danke.» Kai sah ihn an. «Ich bin froh, dass du wegen den Laura-Bildern hartnäckig geblieben bist, Simon. Jetzt, wo ich mit allem ausgepackt habe, fühl ich mich viel wohler.»

«Dank dir ist die Wahrheit über den richtigen Täter ans Licht gekommen», lächelte Simon und wischte sich über die Stirn. «Haarscharf im letzten Moment!»

«Ja, zum Glück!» Doro blickte Kai in die Augen. «Danke, dass du dich auch für mich eingesetzt hast in dem Beweisfilm. Da der Schulleiter das gehört hat, wird's jetzt für mich bestimmt besser ausgehen.»

«Schon okay», strahlte Kai und sah auf die Uhr. «Haben wir den gleichen Heimweg, Doro? Gehst du auch nach Hause?»

Doro nickte.

Daheim würde sie einiges zu erklären haben …

«Also dann. Lass uns gehen.»

«Tschüss zusammen.» Die beiden schlenderten gemeinsam davon.

«Bis bald!», rief Simon ihnen hinterher. Dann wandte er sich an die Mädchen. «Und wir gehen auch nach Hause?»

«Na klar!»

Zwockel sprang um die Kids herum, während sie über den Pausenhof zur Dorfstraße gingen.

«Die Eltern und Opa werden ganz schön staunen, wenn sie hören, dass jetzt alles wieder gut ist!»

«Nicht bloß staunen», schmunzelte Debora. «Die werden sich riesig freuen! Zur Feier des Tages gibt's vielleicht sogar Eiskrem zum Nachtisch!»

«Eiskrem? Au ja!» Raffi machte einen Luftsprung. «Das wär ja klasse, Mann!»

ENDE

Hat Dir das Buch gefallen? Schreibe uns!

Wir freuen uns immer riesig über Post von Leserinnen und Lesern! Wenn Dir die Kaminski-Kids gefallen oder wenn Du einen Vorschlag, eine Frage oder sonst eine Rückmeldung hast, dann zögere nicht, uns zu schreiben! Sende uns Deine Zeilen

per E-Mail an fanclub@kaminski-kids.com
oder an Die Kaminski-Kids
c/o Fontis – Brunnen Basel
Steinentorstr. 23
CH-4010 Basel

www.fontis-verlag.com

Mitmachen und gewinnen:

Das Neuste über die Kids erfahren und bei den Gewinnspielen mitmachen: Fordere den kostenlosen E-Mail-Infobrief der Kaminski-Kids an! Das geht ganz einfach unter:

www.kaminski-kids.com

Hier kannst Du auch die Kaminski-Kids besuchen und nachschauen, was die Kids über sich selbst erzählen! Auf unserer Webseite gibt's zudem viele Infos für Vorträge und Referate, über die Storys, andere Fans und natürlich über den Kaminski-Kids-Autor und seine Kinder, die beim Schreiben der Bücher mithelfen!

Wir freuen uns, von Dir zu hören!

Der Autor steht auch gerne für Lesungen in Schulklassen, Buchhandlungen oder bei anderen Events zur Verfügung.

Unterhaltsam, spannend, informativ.

Infos unter:

www.kaminski-kids.com

Hast Du schon den 16. Band der Kaminski-Kids-Reihe gelesen?

Die Kids lernen einen Jungen kennen, der wegen eines Autounfalls im Rollstuhl sitzt. Die Frage, wer das Auto gesteuert hat, lässt ihm und den Kids keine Ruhe. Aber die polizeilichen Ermittlungen wurden eingestellt. Auf Maiks Bitte hin rollen die Kids den Fall nochmals auf. Und sie stoßen schon bald auf wichtige Hinweise, die der Polizei noch nicht vorlagen. Werden die Kids es schaffen, den Täter zu finden? – Ein echter Kaminski-Krimi mit Hochspannung bis zur letzten Seite!

Carlo Meier

Die Kaminski-Kids: Fahrerflucht

224 Seiten, Hardcover, 13,5 × 21 cm

€ [D] 12.99 / € [A] 13.40 / CHF 19.80*

Bestell-Nr. 204017 / ISBN 978-3-03848-017-4

* unverbindliche Preisempfehlung

www.fontis-verlag.com

Pressestimmen

Eine gelungene Reihe über mutige Kids. Ganz nebenbei werden hier auf spannende Weise wichtige Werte vermittelt. Haltet zusammen. Verteidigt eure Geschwister und Freunde. Und vor allem: Holt euch Hilfe, wenn ihr nicht mehr weiterwisst! Gemeinsam seid ihr stark!

Geolino, Geo.de

Die «Kaminski-Kids» bedeuten Abenteuer pur, und ihre Fälle besitzen absolutes Kultpotenzial – und zwar bei Groß und Klein, Jung und Alt. Carlo Meier schafft mit seiner Kinderkrimireihe ein Vergnügen, das man definitiv nicht mehr missen möchte. Hier erlebt man Nervenkitzel in seiner schönsten Form, so dass man das Buch partout nicht mehr weglegen kann, wenn man es einmal zur Hand genommen hat. Der Schweizer Autor schreibt seine Leser ganz schwindelig und begeistert diese mit einem Genuss voller Gänsehautmomente. Spannung vom Feinsten: Das schreit nach einer Fortsetzung, denn die Fälle der Kaminski-Kids machen definitiv süchtig.

Literaturmarkt.Info (Deutschland)

Der neuste Fall der Kaminski-Kids nimmt aktuelle Themen auf – ein Internet-Krimi, den die Generation Facebook gelesen haben sollte.

Coop-Zeitung (Schweiz)

Die Kaminski-Kids sind die Nachfolger der «Fünf Freunde» und wie sie alle heißen – nur besser!

Liechtensteinisches Volksblatt

Die Kinderbuchreihe Kaminski-Kids des Schweizer Autors Carlo Meier ist ein Renner bei vielen Kindern der Klassen 3 bis 6. Umso größer war die Freude unter den Schülern der August-Hermann-Francke-Schule in Gießen, dass der beliebte Jugendbuchautor auf Einladung der Schule für einen Vormittag zu Besuch kam.

Gießener Anzeiger (Deutschland)

Schon von den Kaminski-Kids gehört? Wenn nicht, wird es allerhöchste Zeit! Die realitätsnahen Jugendkrimis des Schweizer Autors Carlo Meier beruhen auf aktuellen Themen, kommen dabei ganz ohne Mord und Totschlag aus und fesseln die jungen Leser trotzdem von der ersten bis zur letzten Seite. Selbst Lesemuffel werden von diesen spannenden Abenteuern gepackt.

Siegerländer Wochenanzeiger, Siegen (Deutschland)

Wahrscheinlich werden Sie Ihren Kindern die Glühbirne aus der Nachttischlampe drehen müssen ... Stärke: Guter Spannungsbogen, den Kinder aber noch aushalten können. Schwäche: Keine wirkliche.

Magazin Neues Leben, Berlin (Deutschland)

Nach einer schlaflosen Nacht und abgebissenen Fingernägeln weiß der junge Leser und die junge Leserin, wie schnell man mit Drogen in Gefahr kommt und wie schwer man aus dem Schlamassel wieder herauskommt. Spannende Zitterpartie mit Präventionseffekt!

Magazin Fritz und Fränzi, Zürich (Schweiz)

Groß war die Nachfrage: Die Bibliothek Spiez wurde von 120 Kindern gestürmt, so dass gleich zwei Lesungen mit dem Bestsellerautor Carlo Meier stattfanden. Der erfolgreichste Schweizer Jugendkrimiautor fand rasch den Weg zu den Kindern – über seine eigenen Kinder, die er in sein Schreiben mit einbezieht. Es gab begeisterte Reaktionen, die Autogrammschlange war endlos und verlief quer durch die Bibliothek.

Berner Zeitung (Schweiz)

Der Autor hat offenbar die Formel für die Art der Erzählung gefunden, die Kinder begeistert und Eltern viel abnimmt. Zusammenhänge von Themen erklärt Meier verständlich, dem ernsten Hintergrund nimmt er durch Humor und Unterhaltung die Schwere. Er flechtet Fälle ein, die tatsächlich passiert sind, entnimmt die Themen dem Alltag und spricht zur Recherche auch schon mal mit einem Amsterdamer Polizeikommissar. Und da ist die nahe Aktualität, die Stoff liefert: Die Kaminski-Kids thematisieren Fälle von Jugendgewalt und die persönlichen Krisen der Jugendlichen in Beziehungen und Enttäuschungen. Leserin Ronja (11) ist vom neusten Band begeistert, will aber nichts verraten: «Lies selber, dann siehst du mal, was so an den Schulen abgeht.»

Mittelland-Zeitung (Schweiz)

Rasante Geschichten mit prickelnder Spannung und dichter Atmosphäre.

Jugendmagazin Spick (Schweiz)

Bücher für Kinder, die mehr vom Leben wollen. In diesen Geschichten kann sich jeder wiederfinden. In der heutigen stressgeplagten Zeit sind die Kaminskis ein Lichtblick für alle Kids, die mit dem Leben ehrlich umgehen möchten. Carlo Meier bringt es fertig, den Leser von Anfang an in die Story hineinzuziehen. Es scheint, als hätte der Autor die Abenteuer selbst erlebt – und ebenso ergeht es auch dem Leser.

Plebs Netzmagazin (Schweiz)

Die Kaminski-Kids-Romane, die durch ihre authentische Sprache überzeugen, stellen nicht den kriminalen Plot in den Vordergrund, sondern die damit verbundenen menschlichen Herausforderungen. Und das ist viel interessanter als eine konventionelle Täterjagd. Der neue Kaminski-Kids-Roman gehört zu den interessantesten Jugendbüchern dieses Herbstes.

Neue Luzerner Zeitung (Schweiz)

Spannung ist bei den Kaminski-Kids garantiert! Ein Jugendbuch-Hit!

Weltbild

Kennst Du schon alle Abenteuer der Kaminski-Kids?

Hier sind sie: Band 1 bis 18 im Überblick

Carlo Meier
Die Kaminski-Kids:
Unsichtbare Zeugen
Band 10
BRUNNEN

Carlo Meier
Die Kaminski-Kids:
Raub in der Nacht
Band 11
BRUNNEN

Carlo Meier
Die Kaminski-Kids:
Das Geheimnis von Marrakesch
Band 12
BRUNNEN

Carlo Meier
Die Kaminski-Kids:
Spurlos verschwunden
Band 13
BRUNNEN

Carlo Meier
Die Kaminski-Kids:
Gefährliches Spiel
Band 14
BRUNNEN

Die Kaminski-Kids:
Im Kölner Verlies
Band 15

Carlo Meier
Die Kaminski-Kids:
Fahrerflucht
Mit Illustrationen von
Matthias Leutwyler
Band 16

Carlo Meier
Die Kaminski-Kids:
Der Selfie-Betrüger
Band 17
fontis

Carlo Meier
Die Kaminski-Kids:
Das Rätsel in der Burg
Band 18

«Die Kaminski-Kids» als Hörspiele

Auf Hochdeutsch
veröffentlicht vom Fontis-Verlag

- **Die Kaminski-Kids: Mega Zoff!**
  CD: ISBN 978-3-7655-8754-2
- **Die Kaminski-Kids: Hart auf hart**
  CD: ISBN 978-3-7655-8755-9
- **Die Kaminski-Kids: Unter Verdacht**
  CD: ISBN 978-3-7655-8757-3
- **Die Kaminski-Kids: Auf der Flucht**
  CD: ISBN 978-3-7655-8758-0
- **Die Kaminski-Kids: In der Falle**
  CD: ISBN 978-3-7655-8759-7
- **Die Kaminski-Kids: Auf heißer Spur**
  CD: ISBN 978-3-03848-800-2
- **Die Kaminski-Kids: Entscheidung im Park**
  CD: ISBN 978-3-03848-816-3

«Die Kaminski-Kids» als Hörspiele

In Schweizer Mundart
produziert von «Chinderwält» (Universal Music)

- **D'Kaminski-Kids: I de Falle**
  CD: ISBN 978-3-03718-422-6
- **D'Kaminski-Kids: Uf heisser Spur**
  CD: ISBN 978-3-03718-480-6
- **D'Kaminski-Kids: Mega Zoff!**
  CD: ISBN 978-3-03718-093-8
- **D'Kaminski-Kids: Hart uf hart**
  CD: ISBN 978-3-03718-155-3
- **D'Kaminski-Kids: Unter Verdacht**
  CD: ISBN 978-3-03718-205-5
- **D'Kaminski-Kids: Uf de Flucht**
  CD: ISBN 978-3-03718-371-7
- **D'Kaminski-Kids: Entscheidig im Park**
  CD: ISBN 978-3-03718-496-7
- **D'Kaminski-Kids: Gfahr in Amsterdam**
  CD: ISBN 978-3-03718-543-8
- **D'Kaminski-Kids: Unsichtbari Züüge**
  CD: ISBN 978-3-03718-569-8
- **D'Kaminski-Kids: Raub in de Nacht**
  CD: ISBN 978-3-03718-589-6

«Die Kaminski-Kids» als Hörspiele

74 Minuten Hochspannung!
CD: ISBN 978-3-7655-8754-2

62 Minuten Hochspannung!
CD: ISBN 978-3-7655-8757-3

60 Minuten Hochspannung!
CD: ISBN 978-3-7655-8755-9

61 Minuten Hochspannung!
CD: ISBN 978-3-7655-8758-0

«Die Kaminski-Kids» als Hörspiele

65 Minuten Hochspannung!
CD: ISBN 978-3-7655-8759-7

65 Minuten Hochspannung!
CD: ISBN 978-3-03848-800-2

65 Minuten Hochspannung!
CD: ISBN 978-3-03848-816-3

Alle sieben Hörspiele sind auf Hochdeutsch. Es gibt sie aber auch als Mundart-Produktion: siehe vorhergehende Doppelseite.

Die Kaminski-Kids
www.kaminski-kids.com

Simon

Debora („Debbie")

Raffaela („Raffi")

Kevin

Kai

Zwockel

Doro

Manuel

(Das «Banfits»-Graffito
aus den früheren «Kaminski-Kids»-Büchern)